シモン・ド・ベルジュはかく語りき

篠原美季

white heart

講談社X文庫

目次

黄色い館《やかた》の住人――5
ロワールの羊は二乗の夢を見る――185
横濱《よこはま》ラプソディ――207
修行場の異邦人――219
シモン・ド・ベルジュの人には言えない秘密の事情――229
あとがき――250

イラストレーション／かわい千草《ちぐさ》

黄色い館《やかた》の住人

序章

開港都市、横浜《よこはま》。

かつて外国人居留地として利用され、二十一世紀を迎えた今でもほのかに異国情緒が漂う山手《やまて》の住宅街に、その夜、小さな騒ぎが起きた。

軒下を照らす玄関灯。

その明るさに惹《ひ》かれ、白い影となった蛾《が》が飛びまわる。

他にもさまざまな虫たちが明かりのほうへやってくるが、それらの軽い羽音が響くくらいで、あたりはしんと静まり返っている。

夏の夜の静かな饗宴《きょうえん》。

その明かりの中を、時おり、なにかの影が通り過ぎる。

はっきりとは見えないが、たしかに空間が揺らぐのだ。

ゆらゆら。

ゆらゆら。

でも、人影はない。

どの家も寝静まっているか、あるいはぴたりと閉ざされた窓の向こうで、テレビを見たりスマートフォンをいじったりして、楽しんでいるのだろう。

そんな人のいない通りを、それはゆらゆらと陽炎《かげろう》のように動いていく。

と——。

近くで、飼い犬が吠《ほ》えた。明らかに、なにかを警戒する吠え方だ。

それに呼応し、別の場所でも犬が吠える。

にわかに騒がしくなった住宅街。

それにともない、ある家で電気が灯《とも》り、家内の者が顔を覗《のぞ》かせた。

「どうしたの、静かにしなさい」

その声に一瞬おとなしくなりかけた飼い犬が、ふたたび暗がりに向かって吠える。四つ足を踏ん張り、なにかを寄せ付けまいとするかのようにワンワン、ワンワン吠えまくる。

だが、やはり、そこにはなんの姿もない。

ただ、暗がりに沈む通りがあるばかりだ。

首を傾《かし》げた飼い主が、突っ掛けを履いて外に出てくる。

「ほら、静かにして。ご近所さんに迷惑でしょう」

引っ越してきて間もない彼女は、まだ近所付き合いも様子見の状態だ。こんなことで関係を悪くしたくない。そこで背を撫《な》でてなんとかなだめようとするが、飼い犬の興奮はいっこうにおさまる様子がなかった。

いつもはおとなしいのに、いったいどうしたというのか。

「お願いだから静かにして、ね?」

と、その時——。

戸惑う彼女のそばを、なにかがスッと通った。

ハッとして振り返るが、やはり誰もいない。

女性は右を見て、左を見るが、人が通った様子は微塵《みじん》もなかった。

それなのに、その一瞬、彼女はたしかになにかの気配を感じた。その証拠に、蒸し暑い夜だというのに、彼女の肌はそそけ立っている。

「やだ、なに……?」

撫でていた飼い犬をその腕にギュッと抱きしめ、彼女はなおも暗がりを警戒するように見つめる。

(今、なにかがいた……?)

結局、その時の直感が正しかったと彼女が知ったのは、翌日、家の防犯カメラの映像を確認した時だった。

そこに、うっすらと白い影が映っていた。

希薄ではっきりした形まではわからないが、ある瞬間、それは飼い犬をなだめる彼女のそばを間違いなく通り過ぎた。しかも、しばらく映像を遡《さかのぼ》って見れば、それは画面の右上から現れ、しだいに彼女の家のほうに近づいてきたのだというのがわかる。

なんのために――。

そして、その白い影はどこに行ったのか。

気になった彼女は、それから毎日、防犯カメラの映像を確認するようになった。

そうしてわかったのは、その白い影がやってきたのが、その日一日だけではなかったということだ。

来る日も。

来る日も。

いや、おそらくずっと以前から。

それは、彼女の家にやってきては、どこへともなく消えていった。

彼女は、改めてゾッとする。

（いわゆる、事故物件？）

そんな言葉が頭を過《よぎ》り、彼女を暗い気持ちにさせた。

いったい、どうしたらいいのか。

わからないまま、彼女の不気味な夏が始まろうとしていた。

第一章　いとも稀有《けう》な賃貸物件

1

「――シモンにお勧めの賃貸物件?」

相手の言葉に違和感を覚えたユウリ・フォーダムは、スマートフォンを持ったまま、正面に座るシモン・ド・ベルジュに戸惑い気味の視線をやった。

目の合ったシモンのほうでも、状況を推し量るように目を眇《すが》め、軽く頬杖をついて電話での会話の成り行きを窺《うかが》っている。ただ、そんな些細《ささい》な仕草ですら、シモンの場合、ドキリとするほど優雅で美しい。

白く輝く金の髪。

南の海のように澄んだ水色の瞳《ひとみ》。

完璧《かんぺき》に整った顔はギリシャ神話の神々も色褪《いろあ》せるほどで、立ち居振る舞いの高雅さも含め「貴公子」という言葉がこれほど似合う人間を、ユウリは他に知らない。

それだけに、「賃貸物件」という語が、なんともミスマッチに思えたのだ。

(シモンに賃貸物件って……)

フランス貴族の末裔《まつえい》でロワール河流域に建つ立派な城がシモンの自宅であるが、現在はベルジュ・グループ全体のイギリス対応のために、単身ロンドンのベルグレーヴィアに居を移して活動している。

もちろん、賃貸ではなく、建物ごとベルジュ・グループの所有だ。

そんな暮らしに慣れているシモンではあるが、現在二人がいるのは、ロンドンのメイフェアの一角にある骨董店《こっとうてん》「アルカ」の上階——より正確には、表向き「骨董店」となっている店の上階だ。さほど広くはなく高級感もないが、あるものすべてがユウリの感性によって品よく整えられている。

諸々《もろもろ》の事情から「アルカ」の店主を務めることになったユウリは、いちおうハムステッドに家族と暮らす家はあるのだが、最近は自由気ままに使えるこの場所に寝泊まりすることも多く、多忙なシモンは、ユウリと過ごす時間に癒《い》やしを求めてちょくちょく顔を出すようになっていた。

ユウリが、電話での会話を続ける。

「でも、なんで、よりにもよって、馨《かおる》さんからそんな話がまわってくるんですか?」

黒絹を思わせる艶《つや》やかな髪。

煙《けぶ》るような漆黒の瞳。

東洋的なのっぺりとした顔を持つユウリの母親は日本人で、古都京都に根を張る陰陽《おんみょう》道宗家《どうそうけ》「幸徳井《かでい》」の出身だ。その血を濃く受け継いだユウリもまた、生まれながらに並外れた霊能力の持ち主であった。

それに対し、電話の相手である桃里《とうり》馨は、大昔に幸徳井家から枝分かれした分家筋の一族、桃里家の人間で、やはりそれ相応の霊能力を持っている。

千年以上の歴史を誇る幸徳井家に対し、桃里家はたかだか二百年に足りないくらいの歴史しかないのだが、明治期の動乱や戦後の混乱の中で勢力を伸ばし、今では関東以北の霊的守護を担っていると自負していた。

実際、この世界をよく知る人たちの間では「西の幸徳井、東の桃里」と並び称されるほどにはなっていたが、競争心を抱くのはもっぱら桃里家のほうであって、幸徳井家の人間はそれを泰然とかわす姿勢を崩さない。

千年の歴史は侮りがたし——、ということなのだろう。

両家は、長年、そんな対立関係にあるものの、あくまでも中立的な立場のユウリは、以前、ある事件をきっかけに桃里馨と親しくなり、最近では、桃里家の人間がイギリスのパブリックスクールに編入するのに手を貸した。畢竟《ひっきょう》、馨とは頻繁に連絡を取り合う仲になってはいたが、それにしてもであった。

なぜ、シモンに、なのか。

それになにより。

（なぜ、賃貸物件――？）

正直、訳がわからない。

混乱するユウリに対し、馨が『それは』と答える。

『本当に「たまたま」としか言いようがないんですが、僕が関《かか》わっている案件の一つがその家のご近所さんで、話を聞く限り、ベルジュほど家主が提示する条件にピッタリな借り手はいない気がして。――まあ、僕の勝手な思い込みと言われてしまえばそれまでですし、気が乗らなければ断ってもらって構いません。とにかく変わった家主さんで、正直に言って、この話はベルジュのためというより、その賃貸物件のためと考えてもらったほうがいいかもしれません』

「……はあ」

そこまで聞いても、ユウリにはさっぱり状況が呑《の》み込めない。

生返事をするユウリに対し、馨が「ちなみに」と伝えた。

『風の噂《うわさ》ですが、ベルジュは、日本における拠点の一つとして、歴史のある一軒家を探しているとかって？』

「そうなんですか？」

知らなかったユウリが、シモンに対して、つい問うような視線を向けてしまう。

ただ当然、そんな視線を向けられても、会話の内容を知らないシモンには答えようがなく、優雅に苦笑したシモンが「代わろうか？」というように手を動かした。

そこでスマートフォンを手で押さえたユウリが、まずはシモンに尋ねる。ちなみに、それまでは日本語で話していたが、今は英語だ。

「シモン、日本の拠点として、歴史のある一軒家を探しているって、本当？」

「──ああ、えっと。ちょっと違うけど、概《おおむ》ね本当だよ」

意外そうに答えたシモンが、確認する。

「でも、電話の相手って、カオルさんだよね？」

ユウリが桃里理生《りお》と関わりを持つようになったことで、シモンの馨に対する呼び方も自然と変わりつつある。

「うん」

「だとしたら、すごい変化球だな」

「変化球《ウィ》？」

「そう」

フランス語で短く肯定したシモンが、「だって」と説明を加えた。

「僕がそのことをお願いしたのは、隆聖《りゅうせい》さんだから」

「隆聖？」

ユウリの従兄弟《いとこ》であり、かつ桃里家とは対立関係にある幸徳井家の次代宗主の名前があがったところで、ユウリも「ああ、それなら」と認めた。

「たしかに、変化球も変化球だね」

「それに、お願いしていたのは、京都近辺の古民家だし」

「ふうん。だとしたら、ちょっと複雑かも……」

なんだかんだ詳しい話はシモンと馨の間で直接してもらったほうがよさそうだと判断したユウリは、スマートフォンをシモンに渡しながら手短に伝える。

「ちなみに、物件そのものも、京都近辺の古民家から横浜《よこはま》の洋館に変わってしまったみたいだから」

2

一週間後。ロンドンから遠く離れた東京の五つ星ホテルの一室に、ユウリとシモンの姿があった。

ゲストルームつきの広々としたスイートである。

ルームサービスで頼んだ朝食を食べながら、シモンが言う。

「本当に、なにも君まで来ることはなかったんだけどね、ユウリ」

そう話すシモンの器用そうな指が、朝日を照り返す白い食器によく映えた。さらに、まだ上着が椅子《いす》の背にかけられたままの三《み》つ揃《ぞろ》いが、夏の空のように爽《さわ》やかで彼の優美さを際立たせている。

ユウリが「そうだけど」と答える。

「いちおう、もとをただせば幸徳井経由でまわってきた話なら、僕が一緒のほうが話の通りが早いこともあるかもしれないから」

言いながら、湯気の立つコーヒーをカップに注ぎ、それをシモンに手渡してから自分の分を注《つ》ぎ足《た》す。

コーヒーカップを受け取ったシモンが、「まあ、それはそうだし」と認める。

「もちろん、来てくれる分には嬉《うれ》しいけど、あのアシュレイが、よく気前よく休みをくれたと思ってさ。――それとは別に、正規の夏休みも取るというのに」

「たしかに」

「まさか、あとになって、『夏休みは、もう取ったはずだ』とか、詐欺師のようなことを言い出さないだろうね」

「どうだろう……。まあ、言うかもしれない」

　ユウリが苦笑する。

　もちろん、そんな理不尽なことを言われたところで断固として応じるつもりはないのだが、アシュレイという人間の厄介さを誰よりも知っているシモンとしては、こんな些細なことで揉《も》めるくらいなら、できる限り無難な選択をすべきだというのはある。

　なにせ、今回の来日は完全に仕事であり、ユウリと遊べる時間はほとんどない。であれば、さまざまな意味でもったいなく、ユウリが無理を通してまで来る必要はまったくなかったのだ。

　ちなみに、話題にあがっている「アシュレイ」というのは、「アルカ」のオーナーであるコリン・アシュレイのことで、ユウリとシモンにとっては、パブリックスクール時代の一つ上の先輩にあたる。

　昔から博覧強記で悪魔のように頭が切れ、そもそも英国の豪商「アシュレイ商会」の秘蔵《ひぞ》っ子と目される人物である上、学生時代に構築したシステムが世界基準として活用されていることにより、日々、不労所得がうなるほど懐に入ってくる。

つまり、働かずとも、おそらく一生食うに困らない。

ゆえに、オーナーを務める「アルカ」の微々たる売り上げ——あるいは負債など彼の眼中になく、ただ店を存続させるためだけに高い家賃を土地の所有者に支払い、ユウリと、もう一人の管理人を雇っている。

性格は、傲岸不遜《ごうがんふそん》。

あるいは、傍若無人。

ただし、どれほど人を小ばかにしようと、その蠱惑的《こわくてき》な魅力にとらわれ、熱狂的な信者となる人間が後を絶たない。

まさに、悪魔そのものである。

清廉潔白なシモンなどは極力距離を取っておきたい相手であったが、いかんせん、オカルトにも造詣《ぞうけい》の深い彼が霊能力の高いユウリに目をつけ、事あるごとに厄介ごとに巻き込もうとするため、関わらざるを得ないのが実状だ。

言い換えると、シモンの「目の上のたんこぶ」がコリン・アシュレイであった。

もっとも、アシュレイからすれば、昔からユウリの親友面《づら》をして堂々と隣にいる権利を主張しまくっているシモンこそ、「目の上のたんこぶ」であり、鬱陶《うっとう》しい存在であるに違いない。

　ユウリが「今回の場合」と説明する。

「最初は『けんもほろろ』という感じでまったく相手にしてもらえなかったけど、バーロウが」

　アルカのもう一人の関係者であるミッチェル・バーロウの名前をあげて、ユウリは続けた。

「その場でザッと計算して、このままだと僕の年間の有給休暇が規定日数を大幅に下回る可能性があり、そうなると、『アルカ』はブラック企業になりかねない、ってアシュレイを説得してくれて」

「……なるほど。ブラック企業ね」

　仕事の性質上、ユウリは決して朝から晩までがむしゃらに働かされているわけではなく、むしろのんびり仕事をさせてもらっているため、世の常識に照らし合わせた場合、どう考えても「ブラック企業」にはならないだろうが、厳密に数字で示すと、そんな主張もできるのだろう。

「それはなかなか、あのアシュレイを相手に、彼も無謀だな」

「やっぱり、そう思う？」

　そこで、ミッチェルの身を案じるように漆黒の瞳を翳《かげ》らせたユウリに、シモンが「でもまあ」と私見を述べた。

「彼は、稀有《けう》なことにも、あのアシュレイとツーカーの仲のようだから、きっと他の人間がアシュレイに挑むのとは違うんだろう」

「そうだよね」

日頃、周囲から、アシュレイのもっとも近しい存在として認識されているユウリであったが、そのことを自慢したり誇示したりすることなく、ミッチェルの存在もすんなり受け入れていた。

無欲なユウリらしい鷹揚《おうよう》な対応だ。

シモンの言葉に、ユウリもホッとした様子で「だから、僕も」と続ける。

「甘えちゃっていいかなと思って、ちょっと強引ではあったけど、夏休みとは別に休みを取らせてもらったんだ。なんだかんだ言っても、シモンが日本に行くなら一緒に来たかったし」

「そうだね。さっきも言ったように、もちろん僕も同じ気持ちだよ」

同意したシモンが、「となると」と考えを巡らせるように言う。

「功労者であるバーロウには、なにかきちんとしたお土産《みやげ》を用意したほうがいいね」

「あ、賛成」

シモンの言う「きちんと」がどの程度の「きちんと」なのかはわからなかったが、ユウリはユウリで余りまくっている時間を有意義に使い、ミッチェルにふさわしいお土産を探そうと心に決める。

そんなことを話す二人の前には壁に取りつけられた大型テレビの画面があって、今は日本の夏の風物詩ともいえる幽霊動画が映し出されていた。どうやら今夜放送予定のバラエティ番組の宣伝のようで、住宅地の防犯カメラの映像に白い影のようなものが見えていて、それが、幽霊ではないかというのだ。

夜の通りを彷徨《さまよ》う白い影――。

ただ、指摘されなければ見逃すくらいの、ぼんやり具合だ。

（ああ、これ）

ユウリは、そのおぼろな影を見つめて思う。

（男の人だ）

いったいどういう事情があって現れたものなのかはわからないが、そこに男性がいるのは間違いない。

（……まあ、この時期だしなあ）

ヨーロッパだと十月末のハロウィンに死者たちがあの世から舞い戻ってくるといわれるように、日本ではお盆を控えた夏になると、その手の騒動が続出する。

おかげで、霊能者を多く抱える幸徳井も桃里も大忙しだ。

と——。

「ユウリ、君のスマホにメールが来たみたいだよ」

シモンに指摘され、ハッとしたユウリが慌ててテーブルの上に置いてあったスマートフォンを取りあげる。

そして、瞬時に困惑顔になった。

「——隆聖からだ」

京都にいる従兄弟、幸徳井隆聖の名前をあげたユウリを、シモンが気がかりそうな目で見る。

実は今回、ユウリは、滞在がさほど長くないこともあって、母方の実家である幸徳井家には来日のことを告げていなかった。

いわゆる「お忍び」というやつだ。

言えば、隆聖の仕事を手伝わされるのはわかりきっていて、それを避けるための「お忍び」であったのだが、甘かった。向こうはしっかりユウリの隠密《おんみつ》行動を把握していたようで、メールの内容は、簡潔に「すぐに来い」だった。

ユウリがメールで返信する。

——もしかして、東京にいるの？

対する返事は。

——京都。

溜《た》め息をついたユウリが、さらに返信する。

——僕、シモンと東京にいるんだけど？

それに対し、返信が二回に分けられて送られてきた。

——それが？

——どうせ、あちらは仕事で、お前はホテルでボーッとしているだけやろ。

図星である。

先ほどの会話を聞いていたのかと疑いたくなるほどだが、おそらくユウリとシモンの星まわりを読むだけで、隆聖にはそのくらいの予測は簡単につくのだろう。

ある意味、恐ろしい。

スマートフォンの画面を見おろしたままユウリが「う〜ん」と悩んでいると、見かねたらしいシモンが尋ねた。

「隆聖さん、なんだって？」

「それがさ」

シモンに視線を移して、ユウリが答える。

「すぐに来いって」

「京都に？」

「そう」

「へえ」

相変わらず命令することに慣れた様子が少々鼻についたが、アシュレイのような傲岸不遜さはあまりなく、むしろ、千年の歴史を誇る陰陽道宗家《おんみょうどうそうけ》の次代宗主としての威厳ととらえれば納得もいく。

シモンが確認する。

「当然、隆聖さんの手伝いってことだろうね？」

「はっきりとは言ってきてないけど、間違いなく」

「それって、危なくないのかい？」

「危なくはないよ」

ユウリが保証し、「ただ、この時期は」と人さし指で天を示しながら続けた。

「迷子の魂が多くて、どこもかしこも大変なんだよ。つまり『猫の手』だね」

「ああ、『猫の手』」

日本の諺《ことわざ》にも精通しているシモンが、苦笑する。

たしかに、幸徳井家の仕事は、いわばその道のプロフェッショナルが揃っている条件下で行われるものであれば、ふだん、ユウリがたった一人で目に見えないものと対峙《たいじ》するのとは違い、シモンもそれなりに安心していられる。

コーヒーの残りを飲み干したシモンが、「まあ」と言いながら席を立つ。

「他でもない隆聖さんが一緒だし、危なくないというのであれば、行ってあげたらいいと思うよ。ものの数時間で行ける距離だし、必要な時はヘリを手配してもいい」

つまり、物理的にどうこういう距離ではないと言いたいのだろう。

かたわらでスーツの上着に袖《そで》を通す優美な姿を見あげ、ユウリが確認する。

「でも、シモンが賃貸の件で人と会うのって、今日の午後だったよね？」

「そうだけど、そっちは気にしなくていいし、言ったように、しばらくは忙しくて、食事すら一緒にとれるかどうかわからないから、もしユウリが行くことで人助けになるというのなら、それもいいんじゃないかと思ってね」

「そうか。……そうだね」

シモンの後押しでユウリも決心し、ふたたびスマートフォンを操作する。

――それなら、今から行くけど、終わったらすぐに帰るよ？

返事は一言。

――好きにしろ。

だった。

そこで、ユウリはシモンを東京に残し、単身、西へと向かった。

3

その日の午後。

桜木町《さくらぎちょう》にある老舗《しにせ》ホテルのロビーに姿を現したシモンを、ある人物が迎えた。

「——失礼ですが、ベルジュ様ですか？」

ネイティブとまではいかないが、聞き取り易《やす》い英語で話しかけてきたのは、三十代後半から四十代前半くらいの男性だった。眼鏡をかけた顔は柔和だが、日本人にしては背が高く、そのせいだろうが、落ち着いた色合いの三つ揃いのスーツがよく似合う。

（なんか、歳《とし》のわりに無邪気そうな人だな……）

考えながらシモンが「はい」と短く答えると、相手はすかさず自己紹介をしてきた。

「初めまして。私、遠野《とおの》弘《ひろし》と申します」

それが、シモンがしばらく滞在することになる横浜の洋館の所有者であった。

シモンの手元に届いている資料によると、この遠野弘なる人物は、横浜に根差した食品会社の社長で、それなりに手広く商売をし、また古美術品のコレクターとしても有名であるようだ。しかも、蒐集《しゅうしゅう》の対象が横浜の歴史的価値を高めるものに偏っているようで、とても郷土愛に満ちた人物であることがわかっていた。

今回、巡り巡ってシモンのところに賃貸物件の話がまわってきたのも、その根底には遠野の郷土愛があるようだ。

「本当に」と、遠野が言う。

「遠いところを、よくいらしてくださいました」

「いえ」

「で、ですね」

挨拶《あいさつ》もそこそこに切り出した相手に、シモンは自分の第一印象がさほど間違っていなかったと確信する。

おそらく、とても無邪気な男なのだろう。それが、全身から伝わってくる。

遠野が、続けた。

「いろいろとお話ししたいことはあるんですが、とにかく物件を見てもらわないことには始まらないので、差し支えなければ、今から早速現地にご案内しようと思うのですが、いかがでしょう。――ここから、車で十五分くらいです」

「十五分……」

時計を見おろしたシモンが、うなずく。

「わかりました」

「よかった。じゃあ、行きましょう。――車は僕のでいいですか？」

「ええ」

シモンは地理的に不案内であるので、提案に乗ってしまったほうが早い。

遠野が、「ちなみに」と言った。

「接客用の車に不具合があって、急遽《きゅうきょ》、趣味の車で来てしまったから、ちょっと乗りにくいかもしれませんが、ご容赦のほどを」

そんな前置きをされた車は旧式のアストンマーチンで、そんなところにも彼の古物趣味が表れていた。しかも、運転手を雇うより自分で運転するほうが好きなタイプのようで、ハンドルさばきも堂に入っている。

車を運転しながら、遠野が訊《き》いた。

「失礼ですが、お若いですよね？」

「そうですね。まだ二十代です」

「そのわりに、妙に落ち着いていらっしゃる」

「ああ、よく言われます」

シモンは認め、自分からも話題を振る。

「遠野さんは、古美術品の蒐集をなさっていると伺いましたが？」

「ああ、そうです。――真葛焼《まくずやき》を中心に」

ウィンカーを出して右に曲がりながら、遠野は続けた。

「真葛焼は、ご存じですか？」

「もちろん知っていますよ。――うちにも、いくつかありますし」

とたん、シモンのほうを振り返った相手が、目を輝かせて訊き返す。

「そうなんですか？」

「はい。先祖にコレクターがいたようで、たぶん、一つ、二つではないと思います」

「それはいいですね。――うん、いい」

心底羨《うらや》ましそうな様子は、今にも「今度、見に行きますね」と親しげに言い出しかねないものであったが、さすがにそこは大人として我慢したらしい。

すぐに話題を切り替えて、遠野は「ああ」と告げた。

「目的地は、もうすぐです。その小道を少し行ったら着きますから」

その言葉どおり、やがてたどり着いた洋館は、こぢんまりとしているが品のよい外観をしていた。黄色い外壁と緑の鎧戸《よろいど》が、この場所では若干目立っていたが、ヨーロッパの街並みにはしっくりくる色合いだ。

車から降り立って外観を眺めたシモンが、言う。

「へえ。フランス瓦《がわら》って、日本では珍しいですね」

「そうなんですよ」

よくぞ気づいてくれたと言わんばかりに、遠野が説明する。

「この家を、建築当時の状態に戻すのにいろいろと苦労したんですが、そのうちの一つが、この瓦を手に入れることだったんです」

どうやら、本当に大変だったらしく、そのまま苦労話をしゃべりたそうであったが、炎天下に初対面の人間をいつまでも外に立たせておくわけにはいかないという常識が勝ったようで、遠野は説明を切り上げ「さあ、どうぞ」とシモンを室内に案内した。

日本の賃貸物件なので、外国の場合と違い、家具調度類はほとんどない。ゆえに、中はがらんとしている。

それでも広間の張り出し窓やシャンデリア、飾りではない暖炉など、どれをとってもとても魅力的な内装をしている。なにより、南向きの窓から手入れの行き届いた庭が見え、この屋敷《やしき》をとても魅力的なものにしていた。

全体的に、所有者の愛が感じられる物件だ。

あちこち歩きまわって点検するシモンを見ていた遠野が、しばらくして尋ねた。

「いかがです？　お気に召しましたか？」

「そうですね。とても気に入りました」

シモンは答え、いくつか質問する。

「ちなみに、水まわりはどうなっていますか？」

「問題ありません。――いちおう、こちらは横浜市の歴史的建造物の一つとして登録されていますが、生活設備は、あくまでも人が住むことを前提に改築しましたから」

「なるほど。たしかに、きれいですね」

洗面所やキッチンに案内されたシモンが、満足そうにうなずく。

そうでなければ、さすがに賃貸に出そうとは思わないだろうが、だとしても、よく考えて改築がされていた。

遠野が「そうそう」と言う。

「向こうに使用人部屋もあって、家の中をうろうろしなくていいよう、建物の裏手にある通路を使ってから外に出られるようになっています」

「へえ。それも珍しいですね」

ロワールの城を始め、ヨーロッパの多くの屋敷では、使用人が主人一家の目に触れずにいられるよういろいろと工夫されているものだが、日本の家屋敷ではあまり見かけない。あっても「勝手口」くらいだ。住人が他の人間の目に触れずに動ける通路があるような建築物といったら、日本では真っ先に忍者屋敷を思い浮かべるだろう。

シモンの反応に気をよくした遠野が、「ただ、やはり」と今度は少し複雑そうな表情になって説明を続ける。

「いざ、この家を誰かに貸そうと思うと、なかなか私のほうで踏ん切りがつかなくて困っていたんです。――というのも、賃貸に出してしまえば、たとえこちらが厳しい条件をつけたとしても、住み方は借り手次第ですし、結果、借り手によってなんらかの致命的な疵《きず》が残されてしまっても、後の祭りでしかないですから」

「たしかに」

「それで、ずっと賃貸に出すかどうかで悩んでいたら、ある人を通じてベルジュ様の話を聞いて」

「ある人……ねえ」

最終的に馨と彼を結びつけたのが誰であったのか、シモンとしてはぜひとも知りたいところであった。

だが、そんなシモンの思いなどお構いなしに、遠野は続けた。

「それによると、ベルジュ様の場合、フランスにおけるお住まいが、かなり歴史的に価値のあるお城で、その保全と建物の一部を一般公開するという条件で、国から多額の補助を受けていらっしゃるとかって」

「そのとおりです」

認めたシモンを尊敬の眼差《まなざ》しで眺め、遠野が「そういう方なら」と熱弁する。

「たとえ賃貸物件であったとしても、こういった建物の価値を十分理解なさった上で丁寧に住んでくださるのではないかと考えたんです。しかも、なんともタイミングがいいことに、そちらでも日本の拠点とするための古い一軒家を探しているということでしたので、これはもう天の配剤による巡り合わせとしか思えず、かなり強引でしたが、『とにかく、その方に連絡してほしい。せめて、話だけでも通してほしい』とお願いしたわけです」

「なるほど」

「古民家」が、どこかで「古い一軒家」となり、最終的に歴史的建造物の洋館に変化した。

（まあ、ある意味、これも縁といえば縁だけど……）

シモンは思いながら、澄んだ水色の瞳を窓のほうに向ける。

そこから見える庭は本当によく整えられていて、その奥には高台ならではの開けた景色が広がっている。春先や夏の宵など、テラスにテーブルを出してお茶を飲むには絶好の環境であったし、閑静な住宅街に位置しているのも気に入った。

（問題は、家具か……）

もちろん、シモンのほうで手配してもいいのだが、輸入するには時間がかかるし、さすがに日本の家具メーカーには不案内である。ユウリがいれば、幸徳井に連絡して手をまわしてもらうこともできたが、あいにく今日からしばらく別行動だ。

それに、京都近辺の古民家ならともかく、横浜の洋館では、幸徳井家もすぐには対応しかねるだろう。

遠野は、シモンがゆっくり検討できるよう、近くのコーヒーチェーン店からコーヒーをデリバリーし、お茶の時間を設けてくれた。その際に使用した長テーブルと椅子のセットは海外のオークション・サイトで落札したアンティークだそうで、今のところ、この家の唯一の付随物だと言われた。

気に入らなければ撤去するとのことであるが、その必要はないだろう。

おそらく遠野のこだわりだろうが、それらはサイズといいデザインといい、この家によく馴染《なじ》んでいる。

テーブルから遠野に視線を移したシモンが、「遠野さん」ともちかける。

「ものは相談なんですが、ここを借りるとして、そちらに家具を揃えてもらうことは可能ですか？　それも、二、三日中に。――可能であるなら、揃えてほしいものをリストアップするので、手配していただけたらありがたいです。もちろん、費用は初期費用としてこちらが全額受け持ちます」

すると、話の途中から目を輝かせた遠野が、前のめりになって応じた。

「もちろん、やりますよ。――実は、すでに家具をリストアップしていて、ポチれば、すぐです」

「ポチれば」ということは、ネットで買い揃えるつもりだろう。

気になったシモンが、言う。

「できれば、あまり安い家具はやめてもらいたいんですが……」

むしろ、費用は気にしないでほしいくらいだ。

すると、遠野が、スマートフォンを取り出して手早く操作しながら、「あ、いや、そうではなく」と意向を尋ねた。

「ベルジュ様は、こんなアンティークの家具類はお気に召しませんか？」

そう言って提示されたのは、日本にも代理店を持つ、ヨーロッパ製の歴史ある家具類を扱うかなり名の知られたドイツの古物商のサイトで、虚を衝《つ》かれたシモンが、「なるほど」と苦笑する。

「アンティークの家具ね」

考えてみたら、長テーブルや椅子にあれほどこだわる人間が、他の家具を安物ですませるわけがなく、遠野のこの物件に対する思い入れは想像以上に強いと知れる。

（……おもしろいな）

これも、ある種の酔狂だ。

シモンがこの家に住む期間は一年のうちでもそう長くはないはずだが、それだけに、鍵《かぎ》を預けて管理を遠野に一任し、シモンが不在の間のイベント利用を可能にすれば、より適した賃料の交渉も可能だろう。

なにより、それによって、歴史的価値を持つこの家が生きる。

もはや出資者に近かったが、結局シモンは、不動産専門の顧問弁護士をリモート画面に呼び出し、契約上の細かい打ち合わせに入った。

4

同じ日。

遠く海を隔てたロンドンでは、ほどよく冷房の効いた「アルカ」の店内に、カラン、と玄関扉を開閉する涼やかな音が響いた。

「いらっしゃいませ」

顔をあげたミッチェル・バーロウは、姿を見せた馴染み客に対し、すかさず営業用の笑顔を向ける。

栗色《くりいろ》の髪にセピアがかった薄茶色の瞳。

どこか古風な雰囲気の漂う彼は、骨董品に囲まれたこの店によく馴染んでいた。

加えて、上品な立ち居振る舞いが古物好きの紳士淑女を魅了するのだろうか。最近増えてきた馴染み客の中には、品揃え以上に、彼を目当てに来る人間も多い。

目の前の客も、その一人だ。

月に二、三回は顔を出し、ミッチェルが二階の事務室にいる時などは、わざわざ呼び出してまで長話をして帰る。その都度、それなりの額の商品を買い上げるからまだ相手をしていられるが、これがただの冷やかしならけっこう厄介である。

今日も長くなるのを覚悟の上で、ミッチェルは接客しようとした。

が――。

「……やあ、バーロウ」

入ってくるなりどこか引きつった笑みを浮かべた客が、挨拶もそこそこに後ずさりしながら別れの言葉を口にする。

「ええっと、久々に寄ってみたけど、なんか落ち着いて話す雰囲気でもないし、また今度にしようかな。――ああ、そうだ。もしいい出物があったら、メールで知らせてくれるとありがたい」

おそらく事前にメールで知らせてあったから、今日来たのだろうが、その客は引き止める間もあらばこそ、回れ右をして、そそくさと店を出ていった。

なぜか――。

その原因は明らかで、今週に入って何度目になるかわからないこの現象に堪忍袋の緒が切れたミッチェルが、商談用のソファーにふんぞり返って座る男に目をやり、腰に手をあてて文句を言う。

「アシュレイ。いい加減にしてくれないか」

それに対し、底光りする青灰色の目をチラッとこちらに向けたアシュレイが、鼻で笑って言い返す。

「なにが？」

「『なにが？』じゃない。わかっているだろう。君がそんなところで居丈高に睨《にら》みを利かせていたら、どんな上客だって尻尾《しっぽ》を巻いて逃げ出すに決まっている」

「へえ」

知らなかったと言わんばかりの生返事をし、アシュレイは「だが」と言い放つ。

「悪いが、そんなこと、俺の知ったこっちゃないね。ここは俺の店だからな。どこでなにをしようと俺の勝手だ」

その言い分に、ミッチェルが額を押さえて応じる。

「たしかにオーナーは君だけど、どこの世界に、自分の店の売り上げをダダ下がりさせるオーナーがいる？　足を引っ張るにも程がある！」

ずっと我慢していた怒りを爆発させたミッチェルだが、アシュレイは、むしろそれを楽しむようにせせら笑った。

「売り上げ？　この店にいつ『売り上げ』なんてもんが存在した？　本当にそんなものがあるなら、ぜひとも教えてほしいね」

それを言われてしまったら、ミッチェルは口をつぐむしかない。

路地の狭い一角とはいえ、いちおうメイフェアに位置するこの土地の賃料を支払うだけで、おそらく赤字が出るだろう。その上、光熱費や人件費、その他諸々《もろもろ》を考えたら、こんな場所でこんな店を開いていることが、そもそもおかしいのだ。

ただ、そんな無理を通してしまうのが、アシュレイという人間であった。

一言でいえば、酔狂――。

底光りする青灰色の瞳。

首の後ろで無造作に結わえた青黒髪。

黒一色の服であたりを睥睨《へいげい》して座る様子は、まさに悪魔そのもので、その風貌《ふうぼう》に似合った言動でまわりの人間を翻弄《ほんろう》する。

それは国王の前だろうと、神の前だろうと変わらないだろう。

そんな男に対し、ミッチェルは無謀にも楯突《たてつ》いた。

もちろん、ミッチェルに「楯突く」つもりなどなく、単に同僚のユウリが珍しく休みを取りたいと申し出たのを、アシュレイがあまりにすげなく却下したため、見かねて横から軽く意見したら、それがアシュレイの逆鱗《げきりん》に触れた。

以来、こうしてミッチェルの顧客を問答無用で追い返すという、本当にバカらしい嫌がらせを繰り返している。

(子どもか)

言いたいが、さすがにそれは言えない。

言う勇気がない。

にしても、いったい、いつまでこんなことが続くのか。

溜め息をついたミッチェルが、ひとまず根本的な問題に言及する。

「アシュレイ。言っておくけど、フォーダムの有給休暇取得について、僕は間違った助言はしていない」

「そうか？」

「うん」

深くうなずいたミッチェルが、「だから」と続けた。

「もし、そのことで機嫌を損ねているのなら、そろそろ水に流さないか？　僕も、今後はあまり出過ぎた真似《まね》をしないよう気をつけるから」

すると、眇《すが》めた目を向けたアシュレイが、「あまり？」と言葉の一つを取りあげて主張する。

「『あまり』はよけいだな。――お前は、俺とユウリのことにいっさい口を出すな」

「いっさいって……」

ミッチェルは苦笑するが、アシュレイは大真面目《おおまじめ》に念を押した。

「『いっさい』と言ったら、いっさいだ。――そもそも、あんたはすっかり忘れているようだが、俺は採用の条件として、『ユウリを甘やかすな』と最初にきっちり釘《くぎ》を刺しておいたはずだぞ」

「――ああ、たしかに」

思い出したミッチェルが、うなずく。

「そんなことを言っていたね」

正直、アシュレイと雇用契約を結んだ時、ミッチェルはまだユウリと面識はなく、少々変わった条件だとは思いつつも特に異論を挟まなかった。

もともと人との付き合いは広く淡白なほうで、べたべたするのは性に合っていない。だから、気にも留めていなかったのだが、実際ユウリと接し、彼の人となりを知ると、放っておくのはなかなか難しいと思うようになってきていた。ユウリ・フォーダムという人間は妙に庇護欲《ひごよく》をそそり、ミッチェルですらつい甘やかしたくなる。

それを思うと、シモンやアシュレイが競い合うようにそばに置きたがるのも、とても納得がいった。

（結局は、そこか――）

ミッチェルは思う。

アシュレイは、自分の思うとおりにならなかったから怒っているわけではなく、ミッチェルがユウリとアシュレイの間に割り込んだことに腹を立てているのだ。

これほどまでに――。

実際、厳密に言えば契約違反で、クビにされてもおかしくない。

つまり、アシュレイ側からしてみれば、嫌がらせをすることでいちおう譲歩してやっているつもりのわけで、ミッチェルは、もうしばらくこの理不尽な状況を甘んじて受け入れるしかなさそうだった。

(だとすると、僕にできるのは——)

書類の整理に戻りながら、ミッチェルが胸の内で叫ぶ。

(フォーダム、カムバ———ック!!)

そう祈ることくらいであった。

第二章　奇妙な出来事

1

二日後。

遠野《とおの》から「お住まいの準備が整いました」と連絡を受けたシモンは、その日のうちに東京のホテルから横浜《よこはま》の洋館に拠点を移した。ただ、ほとんどの仕事が東京でのこととなるため、部屋は引き払わず、ユウリが置いていった荷物もひとまず残しての移動だ。

住まいについては、こちらの要望として、主寝室とゲストルームに、それぞれベッドと箪笥《たんす》とサイドボードを入れてもらうことにして、あとは、当座冷蔵庫があれば十分だと伝え、可能ならソファーセットも、とお願いしておいたのだが、到着してすぐ、シモンは室内を見まわして感嘆した。

前回来た時のがらんと殺風景な状態は見事に覆され、古城ホテル並みにきちんと仕上がっていたからだ。

どうやら遠野というのは、センスがいい上に、行動も迅速であるらしい。

これなら、京都から戻り次第、ユウリにもこっちに移ってもらってよさそうだ。

ちなみにゲストルームは、ユウリが泊まることを想定し、家具に本物のアンティーク類を使うのを避け、アンティーク調の新品を揃《そろ》えるように注文しておいた。でないと、夜な夜な、古い家具に取り憑《とつ》いた幽霊たちから悲嘆を訴えかけられ、落ち着いて寝ている場合ではなくなってしまうと考えたからだ。

もの思いに耽《ふけ》りながらヴィクトリア朝時代の長椅子《ながいす》の背飾りに指を滑らせていたシモンは、「それにしても」と改めて感心した。

(……本当に、見事だな)

限られた時間で、これだけの家具を揃えて搬入するのは相当な労力だったはずで、遠野というのは優秀な人材に恵まれているか、でなければ——。

(よっぽど、ヒマか)

だが、相手は正真正銘の三代目社長で、トップに立つ者がどれほど忙しいかは、シモン自身、身をもって知っている。

そこで、シモンは他人事《ひとごと》ながらふと心配になった。

(こんなことをさせてしまってなんだけど、彼は、肝心の社長業をきちんとこなせているのだろうか？）

もちろん、よけいなお世話であり、頭を切り替えたシモンは、点検の意味も込めて一通り丁寧に見て歩く。

ロココ調のソファー。

張り出し窓に沿った腰かけに並べられたクッション。

離れた場所には、チェスやバックギャモンなどができるお洒落《しゃれ》なゲームテーブルまで設《しつら》えてある。

（……こんなもの、よく見つけてくるな）

苦笑しつつ最後に玄関脇《わき》の小部屋に入ると、そこは以前とさほど変わらず、がらんとしたままだった。

社交パーティーなどを開く際に、最初に客を通してカクテル等を振る舞う場所としてあえて家具を置いていないのだろうが、今回の短い滞在でシモンがそういった催しをする予定はなく、ほとんど足を踏み入れずに終わることが予想される。

そんな小部屋に、一つだけ追加されているものがあった。

上部がショーケースになっている小さなテーブルだ。

クロスをかければ飲み物を置くテーブルにもなるし、展示の内容によっては招待客の目を楽しませるのにも一役買ってくれる。まさに、この場に追加するとしたらこれしかないという代物だ。

（本当に、センスがいい……）

ただ、もちろんシモンがオーダーしたものの中には含まれず、先ほどのゲームテーブルとともに届いた請求書の明細にも記載がなかったので、遠野が自分の趣味で買い足したものに違いない。

だからだろうが、鍵《かぎ》付きのショーケースには鍵がかかっていて開けることができない。

シモンが上から覗《のぞ》いてみると、中に飾られているのは、瓦礫《がれき》のようなものが数点と、一枚のクリスマスカードだった。

宛名《あてな》は、「ミセス・タッカー」。

差出人のところには、「アルバート・オーエン」のサインがある。

（……この季節に、クリスマスカード？）

なんともミスマッチだが、なにか意味があるのだろうか。

興味を覚えたシモンは、次に遠野に会ったら訊《き》いてみようと思いつつ、室内の点検を終えた。


その夜のことだ。

二階の寝室で眠っていたシモンは、なにかの気配で目が覚めた。

それは寝つきのよいシモンにしては珍しいことで、本人も、なにがきっかけで自分が起きたのか、しばらくわからずにいた。

ただ。

（誰かに呼ばれたような——）

あるいは、誰かが話す声を聞いたような気がしている。

ベッドの上で半身を起こしたシモンは、中途半端な時間に自分が目覚めることになった原因を探ってあたりを見まわす。

月明かりに、澄んだ水色の瞳《ひとみ》が鮮やかに輝いた。

（もしかして、侵入者でもあったのか？）

だが、耳を澄ませても、それらしい足音は聞こえてこない。

（やっぱり、気のせいか……）

それでも念のため、一階に下りて戸締まりを確認してみるが、特に異常があるようには思えなかったし、そもそもなにかあれば、警報が鳴るはずだ。

どうやら、慣れない環境で、少し神経質になっているらしい。

ふだん、万全のセキュリティが施された城やマンション、あるいはホテルで暮らし、唯一街中にあって警備が心許《こころもと》なく思える「アルカ」の上階も、なんだかんだ、あのアシュレイがセキュリティ対策をした場所であれば、外部からの侵入を容易にさせるとは考えられない。

それでうっかり安穏としていたが、ここはそういった場所とは違い、セキュリティレベルがさほど高くない。

それは、遠野自身が、唯一の欠点としてあげていたくらいだ。

そもそも、日本は国土全体の治安が飛び抜けていいため、諸外国に比べてセキュリティ対策がかなり遅れている。畢竟《ひっきょう》、戸建てのセキュリティなどは、侵入された場合に警備会社との連携がなされるくらいで、侵入そのものに対する防御はないに等しい。

この家も、そうだ。

外部からの侵入に対し警報は鳴っても、侵入そのものを防ぐ仕様にはなっていない。

ゆえに、シモンが本能的に警戒心を抱いている可能性は大いにあった。

（……案外、僕も軟弱者だな）

自嘲《じちょう》しつつ、やはり常駐の警備員を雇うべきかと考える。

父親に言えば、「当たり前だ」と言って、すぐにでも手配するだろう。

ただ、そうであっても、今夜の話ではないので、シモンは気持ちを切り替え、二階に上がろうとした。

その足が、途中で止まる。

この家には、新たに搬入した家具以外に、作り付けの収納棚がいくつかあるのだが、そのうちの一つである食器棚の扉が、わずかに開いているのに気づいたからだ。

シモンは開けていないし、今日、ここに来て室内を見てまわった際は、間違いなく閉じられていた。

性格上、やりっぱなしの状態があまり好きではない彼は、箪笥や戸棚の抽斗《ひきだし》などが開いていると無意識に閉じてしまう癖があるため、仮に開いていたとしても、気づいた時点で閉じたはずだ。

（つまり、僕が寝ている間に、誰かが開けた？）

だが、だとしたら、いったい誰が――。

点検した限り、誰かが侵入した様子はない。

もちろん、すでに誰かがいるのなら話は別だが、そうでない限り、シモン以外の人間がこの扉に触るのは不可能だ。

それでも、誰かが食器棚の扉を開けたのは間違いなく、この問題は、その後もシモンをしばらく悩ませることとなった。

2

（昨夜のあれは、なんだったんだろう……）

結局、あのあともあまり寝つけず、早朝からジョギングに出たシモンは、人気《ひとけ》のない道を走りながら考える。

（それだけじゃなく、今朝の夢――）

浅い眠りの中で、誰かが室内を歩く夢を見た気がした。

衣擦《きぬず》れの音。

白いレースから伸びる華奢《きゃしゃ》な手。

おぼろな記憶の中で、それが女性であるのはうっすらとわかった。

（もしや、あの家で、誰かがなにかを捜しているのだろうか？）

だとしたら、それは外部の者ではない。

あの家にもともといた誰かが、なにかを捜してあの家を歩きまわっている可能性があった。

もちろん、確信などないし、そもそも夢だ。

そんな考えは、人に話したところで一笑に付されるだけである。

もともとシモンは理知的で、目に見えないものを簡単に信じるような性格はしていなかった。だからといって、神の存在や、それに相応する人智《じんち》を超えたものを否定しようというわけでもない。

ただ、見えないものを相手にする危険性を、彼は重々承知している。

思い込みや空想は、過ぎれば精神疾患へと繋《つな》がる。

それで一定の距離を保つようにしていたのだが、ユウリという稀有《けう》な存在を受け入れるには、ユウリが深く足を突っ込んでいる向こう側の世界を現実のものとして受け止めないわけにはいかず、それなくして、二人の信頼関係は成立し得なかった。

それくらい、ユウリは向こう側の世界に馴染《なじ》んでいる。

馴染み過ぎていて、時おり怖くなるくらいだ。

向こう側にとらわれて、二度とこちら側に戻ってこられなくなるのではないかという恐怖は、ユウリに対して誰もが抱くものであろう。それは、ユウリと同じように向こう側の世界を常に見つめている幸徳井隆聖《かでいりゅうせい》ですら抱かずにはいられない不安のはずだ。

ある日突然、ユウリがこの世界から跡形もなく消え去っても、親しい人間はさほど驚かない。

驚かず、ただ悲しみ、苦しみ、後悔するだけだ。

なぜ、その兆候に気づかなかったのか、と――。

だからだろうが、シモンは、ユウリがその方面に驚くべき能力を発揮するとわかっていても、彼にこの手のことを相談する気にならない。

むしろ、できる限り遠ざけておきたいため、今回も、この奇妙な体験をユウリに話すことはないだろう。それどころか、原因がはっきりするまで、ユウリをこの家から遠ざけておこうと考える。

その点、ユウリが京都に行っているのは、ラッキーだった。

もちろん、京都にいるのは、シモンが遠ざけたいと思っている世界と関《かか》わるためであったが、素人同然で無力なシモンのそばと、その世界に精通している隆聖のそばでは、似たような体験をするのでも、状況はまったく異なる。

隆聖と違い、シモンには、ユウリになにかあった際、助けられるという自信がない。

だから、ユウリが東京に戻ってくる前に、この件をなんとか片づけてしまいたいと考える。

とはいえ、誰かに話すにしても、まだ情報が不足している。

(気のせいかもしれないし、しばらくは様子見かな……)

あれこれ思案しながらジョギングから戻ってきたシモンは、門扉の前をうろうろしている不審者がいるのに気づいて、足を止めた。

こっちは、間違いなく現実に生きている人間だ。

そのことに、まずはホッとする。

動き方からして、まだ若い。

二十代か、三十代になったばかりといったところか。

野球帽を深くかぶり大きめのマスクをしているので、遠目には人相がよくわからなかったが、とにかく挙動不審で目立つ。

鉄門に手をかけ、伸びあがるようにして中の様子を探っている男に、シモンは背後から声をかけた。

「君。そこでなにをしているんだ?」

とたん。

ギョッとしたように飛びあがった男が、シモンを見てさらに驚く。日本では滅多にお目にかからない、金髪碧眼《へきがん》の美青年だったからだろう。

「あ、ええっと、ジャスト・ア・モメント」

シモンの外見に気圧《けお》されてしまったらしく、男は、先に日本語で話しかけられたことにも気づかない様子であたふたと英語で説明しようとした。だが、「アイ、アイ、アイ」と言うだけで、いっこうに先に進みそうにない。

しかたなくシモンが、少し丁寧な言葉に直して言う。

「日本語でどうぞ。わかりますから。——で、そこでなにをしているのかと、僕はさっき貴方《あなた》に日本語で訊いたんですけど？」

するると、拍子抜けしたように「あ、日本語か」と呟《つぶや》き、男が「えっと」と説明する。近くで見ると、少し垂れた目が印象的な男である。

「用はないけど、なんとか中に入れないかと思って」

「入れませんよ」

呆《あき》れたように即答したシモンに、男が食い下がる。

「でも、ここって、横浜市の歴史的建造物に指定されているはずだよな？」

「そうですけど、今のところ非公開ですから」

「非公開……」

眉《まゆ》をひそめた男が、「もしかして」と問う。

「あんた、ここに住んでいるのか？」

「ええ」

「なら、あんたが新しい所有者？」

「違いますが……」

今度は、シモンが眉をひそめて言い返す。

「やけにこの場所に詳しいみたいですが、貴方いったい――」

すると、サッとシモンから目を逸《そ》らした相手が、「別に」とつっけんどんに答えた。

「散歩してたら、この認定書みたいな看板が目に入って、おもしろそうだなってちょっと気になっただけだ。──悪かったね、うろうろして。お邪魔様」

言うなり、男はそそくさとその場を立ち去った。

その後ろ姿をジッと見つめていたシモンは、ややあって大きく息を吐く。

（なんなんだ……）

夢のおぼろな記憶に比べ、現実というのはなんと生々しいものであるのか。

それだけに、危険も察知しやすい。

（やっぱり問題は防犯対策だな）

門扉を開けながら、シモンは思う。

（少なくとも、ユウリにここに移ってもらう前に、警備員の手配をしてもらったほうがよさそうだ）

自分だけならまだしも、ユウリの身に危険が及んでは元も子もない。

そこで、まずは所有者である遠野に相談してみようと考えながら、シモンは家の中へと入っていった。

3

一方。

シモンに誰何《すいか》された男は、足早にその場を離れると、少し先の坂道に駐車してあった車へと戻っていった。運転席の扉を開けて乱暴に乗り込むと、助手席で待っていた女性に向かって言う。

「びっくりした。――聞いてくれよ」

「どうしたの？」

「それがなんと、人が住んでいたんだ」

「え？」

首を傾《かし》げた女性が訊く。

「でも、人が住むような場所ではないんでしょう？」

「そのはずなのに住んでいたから、驚いているんだろう。――ただまあ、物理的に住めないわけではないからな。住めるようなやつなんていないと思っていただけで」

野球帽を取り髪をグシャグシャとかき混ぜた男が、「ああ、クソ」と吐き捨てた。

「これで、計画がおじゃんだ」

「でも、誰が住んでいたの？」

「日本語が達者な外国人」

「へえ。――なんか、あの家にピッタリだね」

「これ以上ないというほど、マッチしていたよ。まさに、異世界。あれは、どこかの大使館の人間かもしれない」

「大使館？」

その瞬間、少し興味を引かれたような顔をした女性が、すぐに「でもさあ」と唇を尖《とが》らせた。

「ついてないね。この前、下見に来た時は、誰も住んでいないみたいだったのに」

「たしかに」

忌々《いまいま》しそうに応じた男が、舌打ちして言う。

「やっぱ、あの時、ためらわずにやっとけばよかったんだよ」

いったい、なにを「やる」のか。

具体的なことをいっさい口にしない男に対し、すべて了解済みであるらしい女性が答えた。

「そうは言っても、下調べをしないと危険だし……」

「だけど、人が住み始めちゃえば、終わりだ。――今さら、侵入するのは難しい」

男の言葉に、女性が異論を唱える。

「え、そう?」

「そうだよ」

「そうかな。——そんなの、留守を狙《ねら》えばいいだけじゃん?」

男が、チラッと女のほうに視線を流した。

「……まあ、たしかに」

「でしょう?」

得意顔の女性が、「とにかく」と念を押す。

「諦《あきら》めちゃダメだよ。絶対に、あのお宝を手に入れないと——」

「そうだよな」

鼓舞された男が、やる気を取り戻して応じた。

「お前の言うとおり、諦めるべきじゃない」

「そうそう。その意気。——私も、引き続き協力するから」

「ああ、頼む」

そこで身体《からだ》を起こし車のエンジンをかけた男が、サイドブレーキに手をやりながらぼやいた。

「それにしても、いったんは俺の手の中にあったというのに、その価値に気づかず、バカ正直に他人に渡してしまうなんて、俺もアホだよ。あの時にわかっていたら、こんな苦労をしなくてすんだのに」

「でも、その時は知らなかったんだし、しかたないよ」

そんな慰めの言葉をかき消すようにエンジンをふかした男が、バックミラーに映る黄色い壁の家を見ながら「だが」と改めて誓う。

「あれは俺が見つけたもので、俺のものなんだ。だから、絶対に取り戻す。——なにをしてでも、な」

それから車を急発進させ、男はその場を去っていった。

4

その夜。

シモンは、また夢を見た。

家の中を、女性が歩いている。

間取りからして、間違いなく彼のいる高台の一軒家だろう。ただ、様子が違って見えるのは、家具の種類や配置などが、今とはまったく異なっているからだ。

全体をすっきりした感じに見せるため、現在はたくさんある窓のすべてに落ち着いた色合いのシンプルなブラインドが取りつけられている。それに対し、夢の中の家には、ドレープのきいたカーテンがかけられ、重厚だが少し古い感じであるのは否めない。

他にも、家具が所狭しとばかりに置いてあり、今よりずっと生活感にあふれている。

サイドテーブルの上に並ぶ写真立て。

蒐集品《しゅうしゅうひん》の収められたガラスのショーケース。

窓と窓の間の壁を埋めているのは、背の高い大きな振り子時計だ。

部屋の中を滑るように歩く女性の姿も、また少し古風と言えよう。ヴィクトリア朝ほど古びてはいないが、アールデコ様式の装飾を抑えたドレスという印象が強い。

俯瞰《ふかん》するように全体を見ているシモンの耳に、女性の呟きが聞こえてくる。――いや、彼女の気持ちが夢を見ているシモンに伝わってくると言うべきか。

（……どこへ行ったのかしら）

どうやら、必死でなにかを捜している様子である。

（早くアレを見つけないと、大変なことになってしまう）

焦りが彼女を突き動かし、次から次へと抽斗を開けては中を探り、別の扉を開けては中を覗き込んで嘆息した。

（ここにもない）

女性の焦燥は激しい。

いったい、どこへ行ってしまったのか。

なぜ、見つからないのか。

（早く見つけないと……）

彼女は、捜し続ける。

誰か。

誰か、お願い。

（アレを見つけて――）

願いながら、彼女は家の中をさすらい歩く。

（見つけて、そして……）

彼女が心に秘めた願いを口にしようとした瞬間、シモンはヒヤリとした感覚を頬《ほお》に感じて、ハッと目が覚めた。

おそらく、気のせいではないだろう。

この部屋に、なにかがいた。

現実のものではない、なにかが——。

その証拠に、冷房は止めていたというのに、部屋の中は、まるでツンドラ地帯にでもいるかのように、ひんやりとした冷気で満ちていた。

「なるほど……」

ベッドの中で小さく呟いたシモンは、ややあって起き出すと、薄いガウンに袖《そで》を通して歩き出す。

自分でもよくわからなかったが、誰かに呼ばれている気がしたのだ。

だが、それも変である。

この家には、今、シモンしかいない。

それなのに、他に人がいるような濃密な気配が満ちている。

（……やっぱり、この家には先住者がいるようだな）

そんなことを思いながら階段を下り、シモンは薄暗い玄関ホールを横切った。

あたりは、夜明け前の静謐《せいひつ》な青さに包まれている。

夜から朝に変わる前の、一瞬の空白。

夜でもない、昼でもない、そんな曖昧《あいまい》さの奥に永劫《えいごう》の時間が見え隠れする。

それは、シモンの好きな時間の一つであったが、同時に、いにしえより、此方《こなた》と彼方《かなた》が交差しやすい危険な時間帯の一つともされてきた。

そして今、後者の意味合いが強い時間の中で、シモンはなにかに導かれるように玄関脇の小部屋へと向かう。

やがて入り口まで来たところで、ハッと足を止めた。

光の届きにくい小部屋は、他の場所よりも少し薄暗く、ものや家具の輪郭がかなり曖昧だ。

だから、もしかしたら目の錯覚であったのかもしれない。

だが、シモンは、たしかに見たように思う。

そこに、白い影となって佇《たたず》む女性の姿を——。

なぜ、女性と思ったのかはわからない。

あるいは、夢の影響があったのかもしれないが、シモンはその瞬間、この家でなにかを捜しているものの正体を、その目でとらえた。

ただし、それはあまりに一瞬のことで、錯覚と言われてしまえば、そうとしか言いようがない。

それくらい、おぼろで儚《はかな》いものだった。

光の加減が見せた幻。

そうとも言えるだろう。

それでもやはり、そこに誰かがいたと、シモンは確信している。

ややあって暗い室内に足を踏み入れたシモンは、女性が立っていたと思われる場所まで歩いていく。

そこには、上部がガラスのショーケースになっているテーブルがあり、中には例の季節外れのクリスマスカードが見えていた。

(そうか。クリスマスカード……)

最初から、明らかに違和感のある存在だった。

もしや、夢の中の女性が捜しているのは、これなのか。

(だとしたら、なぜ?)

わからないが、もしそうなら、あの女性がクリスマスカードの宛名にある「ミセス・タッカー」である可能性は高いだろう。

もの思いに耽りながらショーケースを見おろしていたシモンは、そこでふとガラス面に白いものが付着しているのに気づき、秀麗な顔を近づける。

（ああ、やっぱり）

シモンは思う。

女性が捜しているのは、このクリスマスカードなのだろう。

なぜなら、クリスマスカードの真上にあたるガラス面に、以前はなかった誰かの指紋がくっきりと残されていたからだ。

おそらく、ここにいた彼女のものだろう。

（となると、問題は――）

その指紋を見つめながら、シモンは考えた。

（やっぱり、理由だな）

彼女はなぜ、現れるのか。

そして、その望みはなんなのか――。

その理由を知る必要がありそうで、シモンは小さく溜め息をつくと、「さて、どうしたものかな」と呟き、ひとまずその場をあとにした。

第三章　あやしい訪問者

1

イギリスの首都ロンドン。

ウエストエンドの一角にある「アルカ」の店内で、一人、商談用のソファーにふんぞり返ってスマートフォンを操作していたアシュレイは、あるメールに対して小さく鼻で笑うと、なにかを打ち込んだ。

ちなみに、いつもなら先に来て開店の準備をすませているミッチェルの姿が、今日は見えない。

その理由が、メールで届いていた。

いわく。

――ストレスで胃痛がするので医者に行く。あとはよろしく。

もちろん、連日行われるアシュレイの嫌がらせへの対抗措置だろう。――当然、胃痛なんて嘘《うそ》だ。

ミッチェルがそれほど柔《やわ》な性格をしていないのを、アシュレイはよく知っている。

ミッチェルという人間は、なかなかしたたかで、嫌がらせをされたら嫌がらせで返すだけの度量も図太さも持ち合わせている。同じ許容範囲の広さでも、そこがユウリとの大きな違いだろう。

ある意味、とても人間味があった。

だからアシュレイも、なんの罪悪感もなくとことんやり込めることができる。

そして、このメールの意味は「これ以上仕事の邪魔をするなら、行かないぞ」というミッチェルなりの脅しであった。

意を汲《く》んだアシュレイが、呟《つぶや》く。

「子どもか」

それはまさに、アシュレイの嫌がらせに対してミッチェルが心の中で呟いたのと同じ感想であり、どっちもどっちであるわけだが、そうとは知らないまま、アシュレイはすぐさま返信した。

ただし、そこに労《ねぎら》いや体調を心配する言葉などいっさいない。

あるのは、一行、

——診断書がなければ、クビ。

だった。

こう書いたところで、たとえ胃痛が嘘でも、ミッチェルなら診断書の一つくらい簡単に用意できるとわかった上でのことである。なにせ、彼の近しい友人にはロイヤルファミリーに次ぐ大貴族がいるし、ミッチェル自身、相当な人たらしであるため、どこかの医者に都合のいい診断書を書かせるくらい、わけないことだからだ。ただ、なんだかんだ面倒臭いというだけで——。

つまり、嫌がらせの上乗せだ。

たとえ自分から始めた嫌がらせへの報復であろうと、挑まれたら、ただではすまさないのがアシュレイという人間である。

もちろん、そこに、おのれの態度への反省など微塵《みじん》もない。むしろ、メールを送信したあと、どこか楽しげにスマートフォンをソファーに投げ出したアシュレイは、手近にあった本を取りあげて読《よ》み耽《ふけ》る。

いちおう店はオープンしたが、骨董品《こっとうひん》を目当てに来た客は一睨《ひとにら》みで追い返すつもりだ。なにせ、彼が求めているのは凡庸な客ではなく、彼の興味をそそるような裏の事情を抱えた連中だからだ。

そんな人間がフラフラやってくるのを待って、彼は本を読む。

するとしばらくして、カランと店の扉を開ける音が鳴り、「ほう、ほう、ほう」と揶揄《やゆ》を秘めた声がした。

「こりゃ、驚いた。お前さんが、真面目《まじめ》に店を開けていたとはな」

アシュレイが顔をあげると、そこに一人の老人が立っていた。

柔和な顔つきをしたふくよかな老人で、全体的におおらかさはあるものの、左右で色の違う瞳《ひとみ》が、彼に人智《じんち》を超えた神秘性を与えている。ここはイギリスだが、西洋風の「魔法使い」というよりは、東洋的に「仙人」といったほうがしっくりくる風貌《ふうぼう》であった。

ミスター・シン。

この店の以前の店主であり、欧米にもその名を轟《とどろ》かせる凄腕《すごうで》の霊能者だ。

その彼とアシュレイは、アシュレイにしては珍しく、それなりに堅固な友情を築き上げている。

アシュレイが、片眉《かたまゆ》をあげて応じる。

「なんだ、じいさん。まだ生きていたのか」

「失礼な。——このとおり、ぴんぴんしとるわい」

アシュレイの軽口をどこか嬉《うれ》しそうに受け止めたミスター・シンが、勝手を知った足取りで店の中を歩いていき、奥の席に腰をおろす。

アシュレイが言った。

「そんなに元気なら、またこの店に戻るか？」

「それもいいが、さすがに『現役』と吹聴《ふいちょう》するほど若くはない。――ここの仕事は案外体力勝負だし、まあ、若者たちが不在の時にちょっと店番をするくらいが身の丈に合っているよ」

「『不在の時』、ね」

つまり、本来ここにいるべき「若者たち」が、本日は「不在」であると知った上で来たらしい。

アシュレイは伝えていないので、ミッチェルあたりが保険のつもりで泣きついたのだろう。勝手に休んで、万が一、店に壊滅的な被害でも出た場合、ミッチェルの人生は終わってしまう。だから、代打を立てておいたほうが無難で、ミスター・シンはミッチェルの大叔父にあたるため、そんな甘えも可能であった。

そして、そうであるなら、こうなるに至った経緯もいろいろと聞いているに違いない。

アシュレイが、皮肉げに付け足した。

「あんた、いつから予知までするようになった？」

「だから、そういう可愛《かわい》くないことばかり言っているから、気づくと『そして誰もいなくなった』状態になっているんだろう」

英国を代表するミステリー作家の本のタイトルを挙げていないなしたミスター・シンが、がらんとした室内を示すように両手を開いた。

だが、アシュレイは鼻で笑って相手にしない。

「悪いが、軟弱者も怠け者も、いたところでたいして役には立たないからな。いなくなってせいせいしている」

「せいせいねえ」

肩をすくめたミスター・シンが「まあ」とあっさり引いた。

「お前さんの交友関係を今さらどうこう言う気はないが」

「当たり前だ」

「それより、せっかくこうして会えたんだし、ちょっと頼みたいことがあるんだが」

読みかけの本に戻ろうとしていたアシュレイが、チラッと視線をあげてミスター・シンを見る。

「頼みたいこと？」

「実は、以前から懇意にしている男の知り合いがある物を捜しているそうで、巡り巡って、わしのところに依頼がまわってきたんだよ」

とたん、眉をひそめたアシュレイが蔑《さげす》むように応じた。

「あんた、いつから『なんでも屋』になり下がったんだ？」

「いや」

アシュレイの吐く毒もなんのその、椅子《いす》の背に深くもたれたミスター・シンは片手をあげて先を続けた。

「もちろん、ただの捜しものではない。——きっかけは、幽霊だ」

「幽霊?」

「そう」

うなずいたミスター・シンが、「まあ、聞け」と話し出す。

「依頼者は、少し前に父親からグリーティングカードのコレクションを受け継いだそうなんだが、それをきちんと整理してみると、目録にはあるのに、実際のコレクションから欠けてしまっているものがあることが判明した。しかも、それは、そのコレクションの目玉というくらい価値のあるものだったらしい。——で、調べたところ、そのコレクションを始めた男の孫が、その歴史的価値を知らずに勝手に使ってしまったそうで、まあ、それ自体はしかたないことなんだが」

「そうだな」

「ただ、ここにきて、ネット上にそのコレクションから紛失したと思われるクリスマスカードについての情報が出て、依頼者は、その情報の信憑性《しんぴょうせい》を知りたがっている」

ミスター・シンがそこで一息ついたため、アシュレイは首を傾《かし》げて尋ねた。

「話はわかったが、今のところ、幽霊の『ゆ』の字も出てきていないな」

「ああ、そうだった」

　笑ったミスター・シンが、「問題は」と続けた。

「その情報をネットで目にして以来、依頼者のところに幽霊が現れるようになって、なにかを訴えかけてくるそうなんだ」

「へえ」

「で、いろいろと考え合わせた結果、依頼者は、その幽霊はコレクションを始めたという彼の先祖で、軽率な孫のせいで失われてしまったクリスマスカードに未練があり、それを取り戻すために依頼者のところに現れるようになったのではないかと主張している」

「なるほど」

　いちおう、筋は通っている。

　納得したアシュレイが、「それで」と尋ねた。

「あんたは、どう思うんだ？」

　当然、ミスター・シンが、依頼者である現在のコレクションの持ち主に会い、この話の信憑性をたしかめていると思ったのだが、意外にも、ミスター・シンは両手を開いて無責任な発言をした。

「さてね。どうもこうも、さっぱりわからん」

　眉をひそめたアシュレイが、確認する。

「つまり、幽霊話の真偽のほどを見極めていないってことか？」

「そのとおり」

あっさり認めるが、それはあり得ない。

わざわざアシュレイを使いに出すのに、もととなっている幽霊話が本物かどうかの確認をしていないなど、まったく彼らしくなかった。

「もしかして、ボケの始まりか？」

「いや」

「なら、俺に話を持ってくる前に、下調べくらいしてこい。話を聞くのはそれからだ。そんな基本的なことも忘れているようじゃ――」

だが、アシュレイの言葉を遮るように片手の人さし指を立てたミスター・シンが、「そうそう」とこの話の肝《きも》となる情報を付け加えた。

「最初に言うべきだったかもしらんが、今回、問題となっているクリスマスカードのことをネット上に出したのは日本人で、必然的に、お前さんに調査に向かってもらいたいのは日本ということになるんだが――」

そこでふたたび言葉を切り、菩薩《ぼさつ》のようににこやかな、だが、なんとも食えない笑みを浮かべて、ミスター・シンは続けた。

「それでも、興味はまったく湧《わ》かんかの？」

2

一方。

横浜《よこはま》にある洋館では、シモンが幽霊を見た日から二日が経過していた。

その間も、夜な夜な現れる女性の幽霊に睡眠の邪魔をされ、さすがのシモンも少し疲れが出始めている。

そして、改めて思う。

ちょくちょくこのような目に遭っているユウリは、実はものすごく体力があるし、日中と言わず、よく眠そうにしているのにはしっかり理由があったのだ。

（こんな状態が続いたら、当然、昼寝の一つもしてしまう）

シモンも、効率的に動くため、仕事の合間に仮眠をとる必要がありそうだ。そのための時間短縮手段として、今日の会議はリモートで行うことにした。

幸い、昨今は、その場にいなくても話が進む。

やはり、対面での打ち合わせや会議のほうが細部にまで目が行き届き、商談などでは断然建設的な展開が期待できるが、ものによっては、リモートですませたほうが効率がいい場合もある。

そして、報告が主な今日の会議は後者だった。

結局、移動時間も含めたら二時間近く余裕をもって仕事を一つ終わらせたシモンは、その時間を昼寝にあてようと、長椅子に横になる。

だが、寝る間もあらばこそ、テーブルの上に置いてあったスマートフォンが電話の着信音を鳴らし、発信者を確認すると、そこには遠野《とおの》の名前が表示されていた。

（遠野さん？）

いったいなんの用件か。

わからないまま、電話に出る。

「アロウ」

『あ、ベルジュ様。こんにちは』

「どうも」

『お時間がないと思うので、単刀直入に申し上げると、今日、そちらにお邪魔したいんですが、なんとかなりませんか？』

「そちらって、洋館に――ってことですか？」

『はい』

「しかも、今日？」

『そうなんですが、さすがに急過ぎて無理ですかね？』

意外だったシモンが、それでも好意的に答えた。

「いえ。実は、今日はリモート会議をしていて、今、ちょうど洋館にいるんです」

『それなら、今から お邪魔してもいいですか?』

遠野は道路脇《わき》で話しているらしく、時おり公道の雑音が聞こえる状態で続ける。

『もちろん、お手間はとらせません。——ちょっと玄関脇の小部屋に用があって、そこだけ見たらすぐに帰ります』

「別に、構いませんよ。僕のほうはちょうど身体《からだ》が空いたところで、これから昼寝の一つでもしようと思っていたところですから」

『そうですか』

そこで、なにか考えたらしい遠野が、すぐさま提案してくる。

『もしおいやでなければ、てきとうにデリバリーを頼むので、そちらのテラスかどこかで軽くランチでもいかがです?』

時計を見あげたシモンが、答えた。

「いいですね」

これで昼寝の時間はなくなったわけだが、シモンのほうでも、遠野にはぜひとも訊《き》いておきたいことがあったので、いい機会となる。

『ちなみに、ベルジュ様はピザはお好きですか?』

「ええ、まあ」

『よかった。では、近くにおいしいピザ屋があるので、そこでデリバリーしますね。急がせれば、三十分はかからないと思います。——僕も、その頃に着くようにします』

「わかりました。では、のちほど」

遠野というのはなかなか不思議な人物で、けっこう歳《とし》の差があるはずなのだが、それをあまり感じさせない。

かといって、決して子どもじみているわけではなく、きちんとした大人の部分と微笑《ほほえ》ましくなるような子どもの部分がいい塩梅《あんばい》で同居していて、どんな相手にも親しみをもって迎えられるタイプのように思えた。

実際、ビジネスの場合、初対面の相手には柔らかなあたりでしっかり間合いを取るシモンも、遠野には、あっさりその壁を崩されてしまった。もちろん、今後また壁ができる可能性はなきにしもあらずだが、なんとなく、彼とはつかず離れずのほどよい関係でいられそうな気がする。

「やあ、どうも」

三十分後。

予定どおり姿を現した遠野は、すでにその手にピザの箱とコーヒーチェーン店の紙袋を持っていて、彼が周到に家の前でデリバリーの到着を待って受け取りをすませてくれていたことがわかる。

その気のまわし方からして、おそらく実業家としての腕もたしかなのだろう。

食事をしながら、遠野が訊いた。

「どうです、ここの住み心地は？」

「……いいですよ」

答えたシモンが、わずかに表情を翳《かげ》らせたのを見逃さず、遠野が言う。

「あ、もしなにか不都合があるようでしたら、遠慮なく言ってください。——善処しますから」

「それなら、一つだけ。——不都合というより、報告と言ったほうがいい話ですが」

前置きしたシモンが、「実は」と告げた。

「ここに来た翌日、外に不審者がいまして」

「不審者？」

「ええ。——僕が朝のジョギングから戻ってくると、門のところから中を覗《のぞ》き込んでいる人物がいたんです」

「なんと」

驚いた様子の遠野が、言う。

「それはまずいですね」

契約の際、遠野は正直に防犯対策の脆弱《ぜいじゃく》さが唯一の欠点だと話していたのだ。

その欠点が、早々に露呈したことになる。

眼鏡の奥の目を細めた遠野が、少し考えた挙げ句、自分のスマートフォンを操作して「それなら」と申し出る。

「ここを改築中に地元警察と顔馴染《かおなじ》みになったので、ひとまず、そちらにパトロールの巡回を増やせるか、相談してみます」

「ありがとうございます」

対応の早さに感謝しつつ、シモンが「こちらでも」と話した。

「ここにいる間、警備を雇うことを検討中ですが、どこか紹介いただけるところがありますか？」

「もちろんです」

あっさり受けた遠野が、言う。

「僕、小さいながら美術館を持っていまして、そこの警備をお願いしている警備会社がありますから、そちらに話を通しておきましょう」

「へえ」

いちおう尋ねてみたものの、シモンの頭の中では、念のため、警備は信頼のおける桃里《とうり》家か幸徳井《かでい》家に紹介を頼むつもりでいた。だが、今後、シモンの不在中の管理を任せるのであれば、むしろすべて遠野に委《ゆだ》ねてしまったほうが効率がいいかもしれないと、とっさに判断する。

「それなら、お任せしようかな」

「ええ、ぜひ」

請け合った遠野に、シモンが言う。

「対応が迅速で、助かります」

「当然ですよ。ベルジュ様は、僕にとって救世主のような方ですから」

冗談めかして本音をもらし、遠野が「他にも」と確認した。

「お困りのことがあれば、この際ですから、なんでもおっしゃってください」

その口調からして、どうやら、今日ここに来たのは、自分の用事もさることながら、洋館の借り主であるシモンの様子を窺《うかが》うためでもあったらしい。

そこで、少し考えてからシモンは言う。

「実は、他にもありまして……」

「なんでしょう?」

真摯《しんし》に応じる遠野が、このあとどんな反応を示すか。

若干興味深く思いながら、シモンは続けた。

「これも困っているというより、ちょっとした確認にすぎませんし、突拍子もないことを言われて驚かれるかもしれませんが――」

わずかに間を置いて、シモンは尋ねた。

「今までに、遠野さんがこの家で幽霊を目撃したとか、あるいは、見たと言う人の話を聞いたことはありませんか?」

「――幽霊?」

本当に突拍子もないことを耳にしたように繰り返した遠野が、すぐに身を乗り出して確認する。

「え、まさか、ベルジュ様はご覧になったんですか?」

ストレートな切り返しに、シモンは苦笑してうなずいた。

「そうですね。……まあ、ものが幽霊ですので、見たような、見ないような、というくらいに止《とど》めておいたほうがいい気もしますが」

それに対し、「ああ、なんかわかります」と遠野が笑う。

「僕も、『見た』と断言されるよりは、今の表現のほうが信憑性を感じます」

それから、「そうか、幽霊」とどこか楽しそうに続けた。

「本当に出るんだ、この家、幽霊が――」

語調がかなりフランクだったのは、独り言のつもりだからだろう。

ややあって、顔を上げた遠野が言う。

「ご質問の答えですが、イエスです」

「ということは、以前にも目撃されたことがある？」

「そうですね」

　認めた遠野が、説明する。

「残念ながら、目撃したのは僕ではないんですが、部下の女性が、この家の掃除に来た時に女性の幽霊を見たと話していたことがあって、ただ、他に見た人間がいなかったこともあり、たぶん目の錯覚だろうということになりました」

「なるほど。女性の、ね」

　それは、シモンの見解とも一致している。

　ということは、やはり、あれは女性の幽霊とみて間違いないのだろう。

　シモンが水色の目を伏せて考え込む前で、遠野が無邪気に問いかけた。

「ちなみに、ベルジュ様が見たのは、どんな幽霊でした？」

「そちらの部下の女性が見たのと、一緒ですよ」

　応じたシモンが、続ける。

「女性の幽霊で、おそらくですが、あちらにあるクリスマスカードにゆかりのある人物ではないかと――」

　説明しながら、顎《あご》で玄関脇の小部屋を示した。

すると、「へえ、あの」と意外そうに受けた遠野が、すぐに「――あ、そうだ」と突然席を立って言った。

「忘れるところでしたが、僕、そのクリスマスカードを取りに来たんです」

つられてシモンも立ちあがりつつ、興味深く応じる。

「クリスマスカードを……？」

あまりのタイミングのよさに、シモンは遠野のあとについて小部屋に入りながら「そういえば」と尋ねた。

「機会があったらお尋ねしようと思っていたんですが、なぜ、この季節にクリスマスカードが飾られているんです？」

「ああ、それは」

ショーケースの鍵《かぎ》をズボンのポケットから取り出し、解錠しながら遠野が答える。

「ここに展示されているものはみんな、この家の改築時に見つかったものなんです。いわば、歴史ですね」

「改築時に見つかった？」

「そうです。――つまり、以前、ここに住んでいた人にゆかりのあるものや、ここにあった建築物の欠片《かけら》とかになります」

「なるほど」

合点したシモンに、遠野が「で」と続けた。

「問題となっているこのクリスマスカードなんですが、向こうにある――」

言いながら少し離れたキッチンを指さして説明する。

「作り付けの食器棚を剝《は》がした時に壁との隙間《すきま》から出てきたもので、その食器棚自体は、現在、建築当時の状態に復元してあります」

「ああ、あれか……」

納得したシモンは、ここ数日の記憶をたどってみる。

食器棚といえば、ここに居を移した日の夜、なにかの物音を聞いたように思って家の中を点検してまわった際、触っていないはずの扉が開いていたのが、その食器棚であったはずだ。ゆえに、その食器棚と壁の間からこのクリスマスカードが出てきたという事実は、妙に納得がいった。

やはり、あの女性の幽霊は、このクリスマスカードを捜していたのだろう。

そして、昨夜見つけたわけだが、それならそれで、このあと、それをどうしてほしいのか。

夜ごとの出現はそのためだろうが、残念ながら、シモンにはわからない。

（それがわかるのは――）

考えながら、シモンがユウリの顔を思い浮かべていると、遠野が「もし、気になるようでしたら」と新たな提案をしてくる。

「この家に霊能者を呼んで、お祓《はら》いでもしてもらいますか？」

「――え？」

シモンが驚いて訊き返す。

「お祓い？」

「はい」

うなずいた遠野が言う。

「もちろん、あくまでも『気になるようでしたら』ということですが、実は、以前、そっち関係の人と知り合う機会があって、テレビにも出ている有名な霊能者さんなんですけど、別の場所の霊視をしてもらったことがあるんです。その方に連絡をすれば、たぶん、ここも視《み》てくれると思います」

「へえ」

遠野というのは、話をすればするほど、おかしな話題が飛び出してきておもしろい。

ただ、霊能者云々《うんぬん》については、それこそ強力な伝手《つて》のあるシモンがやんわりと断る。

「それは心強い限りですが、大丈夫です。事情さえわかれば、あとはこちらで対処できますから」

「そうですか。わかりました」

すんなり引いた遠野がクリスマスカードを取り出すのを見て、シモンが「それはそうと」と話題を変えた。

「先ほど、貴方《あなた》は、そのクリスマスカードに用があるとおっしゃっていましたが、それって、どんなご用事なんですか？　――差し支えなければ、教えてください」

「ああ、これ」

取り出したばかりのクリスマスカードをシモンのほうに差し出して、遠野が説明する。

「実は、僕、このカードにゆかりのある人物のことが知りたくて、少し前にネットで情報提供を呼びかけたんですよ」

「情報提供？」

これまた意外な話が飛び出し、シモンは興味をそそられる。

「知りたいって、なぜですか？」

「いや、だって、こんなものが見つかったら、やっぱり知りたくなるじゃないですか」

「なにを？」

本当にわからずにシモンが尋ねると、遠野はきっぱり答えた。

「歴史ですよ。決まっているでしょう。物にまつわる歴史です。――それなくして、ロマンは語れません」

「ロマン……」

シモンにはよくわからない理屈だったが、その情熱だけは伝わった。

彼のよく知る人間に、信じられないほど酔狂な男がいるが、どうやら遠野も似たような性質を持っているようだ。

ただ、そこに害があるかどうかで、印象は大きく変わる。

「なるほどねえ」

相槌《あいづち》を打ったシモンが、「それで」と尋ねた。

「そのご様子だと、なんらかの反応があったんですね？」

「ありました」

シモンからクリスマスカードを受け取り、遠野が「しかも」と状況を説明する。

「意外にも、日本国内からあったんです」

「日本国内？」

「おもしろいでしょう？」

ニヤニヤしながら、遠野は続けた。

「いちおう、海外向けと国内向けの両方で情報提供を呼びかけたんですが、昨日、日本人の女性がコンタクトを取ってきて、海外にいる友人が、宛名《あてな》にある『ミセス・タッカー』の子孫の友人であるということで、僕から詳しい話を聞き出して情報を送ってほしいと頼まれたそうです」

とたん、シモンが疑わしげな表情になり、「え、でも」と確認する。

「海外向けのサイトにも情報提供を呼びかけているなら、その子孫から直接連絡が来てもおかしくないですよね？」

「まあ、そうですね」

「その日本人って、信頼できそうなんですか？」

「わかりませんが、会って話す分にはいいかと」

人の好《よ》さを前面に押し出してしゃべる遠野に、危機管理能力の低い日本のお国柄を見た気がしたシモンは、額に手をやって忠告した。

「僕からすると、すごく怪しい話のように思えるのですが、よければ、こちらのほうでタッカー家について調べさせましょうか？」

「え、いいんですか？」

「いいですよ。ここまで関《かか》わってしまったからには僕も気になるし、フランスやイギリスでの身元照会や家系調査なら、わりと簡単にできますから」

「それは、ありがたい」

遠野が、嬉しそうに応じる。

「僕も、宛名にある『ミセス・タッカー』と差出人の『アルバート・オーエン』についてはかなり詳しく調べてみたんですが、彼らの日本での記録は見つけられても、やっぱり国外の情報はねえ……、ネット情報だけだとなかなか」

「……でしょうね」

答えながらスマートフォンを操作し、シモンはイギリス支社の調査部門に大至急、タッカー家の情報を送るよう指示した。

遠野が、横から付け足す。

「ああ、タッカー家が横浜に住んでいたのは、大正時代の半ばから昭和初期で、西暦だと一九二〇年から一九二九年のおよそ十年間です」

「なるほど」

シモンは、その情報を追加で送信し、スマートフォンの画面を閉じた。

それから、遠野に視線をやって助言する。

「これでおそらく、明日か明後日《あさって》あたりには調査結果が届くはずですから、それまではその方と会うのは控えておいたほうがよろしいかと」

「わかりました」

すると、話しているそばから遠野のスマートフォンが着信音を鳴らし、メールを確認した遠野が、「わお」と意外そうな声をあげた。

「どうしました？」

シモンが訊くと、遠野はメールを見おろしたまま少し興奮した口調で答えた。

「いや、びっくりですよ。このタイミングで、今度は、クリスマスカードの差出人であるアルバート・オーエンの子孫から連絡が入りました。こっちは、英語ですね。やはり、クリスマスカードの実物が見たいということで、わざわざ日本に来るそうです。――滞在が短いらしく、ピンポイントでの日付指定ですが」

「……それはまた」

シモンがどこか呆《あき》れたような口調になって、「いちおう」と告げた。

「乗りかかった船ですから、そちらも調査させましょう」

そこで、シモンはふたたびスマートフォンを取りあげると追加でメールを打ち、それぞれ次の予定があるため、それからほどなくして有意義なランチを終わらせた。

3

翌日。

閑静な住宅地を、一台の電動アシスト自転車が走り抜けた。

そのままある家の前まで来ると、乗っていた人物は自転車を路肩に停《と》めてあたりの様子を窺う。

夏の夜。

月がようやく東の空に昇り、地上をほのかな明かりで照らし出す。

闇《やみ》に浮かびあがった姿は、まだ少年だ。——いや、そろそろ青年に差しかかろうというくらいの年頃のようだ。

栗色《くりいろ》の髪に薄茶色の瞳。

マスクで顔の下半分が隠れているとはいえ、かなりの美少年であるのが見て取れる。

ややあって、彼は顔のあたりに飛んできた藪蚊《やぶか》をパシッと手で払いながら、小さく呟いた。

「とにかく、実物をこの目で見ないことにはなにもできないし……」

いったいなんのことを言っているのか。

なによりこんな夜更けに、どうして子どもが外を出歩いているのだろう。

いわゆる「非行」に走っているとも思えないし、家出少年という雰囲気でもない。あらゆることが謎《なぞ》であったが、少年は目立たない場所に自転車を移すと、自分は垣根のそばにしゃがみ込んで待ちの態勢に入った。

遠くで、犬が吠《ほ》える。

だが、それ以外の物音はしない。

静かな夜だ。

その住宅地は、幹線道路から離れた高台にあるため、車のエンジン音もいっさいしなかった。

そんな場所で、少年は待つ。

ひたすら、待つ。

藪蚊を払いながら、じっと待つ。

と――。

なにかの気配にハッと身体を起こした少年が、立ちあがり、闇に目を凝らした。

その先に見えてきたのは、闇夜《やみよ》に漂う白い影。

それが、ゆらゆらと揺らめきながら、ゆっくりと少年のほうに近づいてくる。

「来た」

緊張した面持ちで呟いた少年は、揺らめく白い影をじっと見つめる。

(なんとかして、アレに接触しないと――)

思うなり、少年がそちらに向かって一歩踏み出す。

そのおぼろな白い影は、以前、ある家の防犯カメラがとらえ、その映像がテレビで公開されたことで一躍有名になった。すると、今度はその映像をみずから撮影してSNSにアップしたがる人間が出てきて、このあたりを無遠慮にうろつき始めたのだ。

それが住民たちの間で問題視されるようになっていたが、彼はそういう輩《やから》とも一線を画していそうだ。興味本位とか自己顕示欲とかで動いている感じはせず、どちらかというとなにか使命感を抱えて行動しているように思われる。

だが、見えないものを相手に、どんな使命感があるというのか。

そうして少年が白い影に接触しようと近づいていったちょうどその時、道の反対側からまばゆいヘッドライトが浴びせられ、白い影はその光に溶け込むように見えなくなった。

ほぼ同時に、あまりのまぶしさにとっさに顔に手をやった少年の脇に、一台のパトカーが滑るように停車する。

すぐに警察官が降りてきて、少年の腕をつかんで訊いた。

「君、こんな時間にこんな場所でなにをしているんだ?」

「――あ」

どうやら、不審者と間違えられてしまったらしい。

いや、実際、彼は不審者だ。

動揺した少年が、視線を泳がせて言う。

「……あの、僕、別に怪しい者ではないです」

それに対し、警察官は苦笑して答えた。

「真夜中にこんなところにいたら、それだけで怪しいんだよ」

正論である。

少年も、認めざるを得ずにうなずいた。

「そうか。そうですよね」

そんな素直な少年を見おろし、警察官は少し態度を緩める。ただその間も、品定めをするように、少年の全身に目を走らせるのを忘れない。

「君、このへんの子？」

「あ、えっと……」

少年がとっさに誤魔化せるかどうかで悩んでいると、警察官がすぐに「あのさあ」と半笑いで警告した。

「嘘なんかついても、すぐにばれるよ」

ハッとした少年が、しょんぼりと頭《こうべ》を垂れる。

「……ごめんなさい。今は、東京の両親のところにいます」

「今は？」

聞きとがめた警察官が、重ねて問う。

「てことは、いつもは違う？」

「はい。夏休みだから帰省中で、ふだんはイギリスに」

とたん、相棒の警察官がメモを取りながら小さく口笛を吹く。

「もしかして、お坊ちゃんか」

「そういうわけでは……」

少年なりに思うところがあるのか、顔をあげて主張しようとするが、最初の警察官が本筋に戻して職務質問を続けた。

「それなら、名前と連絡先を教えてくれるかな」

「えっと、名前は――」

少年が名乗ろうとした、その時だ。

「もしかして、リオ？」

横合いから声がかかり、全員がいっせいに振り返る。

そこに、ブランド物のスポーツウェアを身にまとった、夜目にも輝かしい高雅な人物が立っていた。近づきながらワイヤレス・イヤフォンを外すさりげない仕草ですら、優美で洗練されている。

　少年が、驚いて呼び返す。

「え、嘘、ミスター・ベルジュ？」

「ああ、やっぱりリオだ」

　その場に現れたシモンは、警察官に職務質問されていた少年を、彼の知り合いであると認識する。

　桃里理生《りお》。

　現在、彼の母校であるセント・ラファエロに在籍し、ユウリがイギリスにおける身元引受人を務めている少年だ。

「で、リオ。なにかトラブっている？」

　シモンに問われるが、理生にしてみたら、イギリスにいるはずのシモンがなぜこんな場所に出現するのかわからず、なかばパニック状態であった。

　そんな二人は、この春、セント・ラファエロの春祭で初めて顔を合わせた。

　その際、シモンのほうでは、ユウリからたびたび話を聞かされたり、写真を見せられたりしていたため、あまり初対面という感じはしなかったのだが、理生はとても緊張している様子で、すぐには打ち解けてくれなかった。

　以来、顔を合わせるのは、今日で二度目だ。

シモンが、答えの返らない理生から警察官に視線を移して尋ねる。

「彼は僕の知り合いですが、なにかあったんでしょうか？」

すると、非現実的なものを目にした時のようにポカンとした表情でシモンを見つめていた警察官が、とっさに「は」と敬礼してしまい、その手を気まずそうに下ろしながら答えた。

「ああ、えっとですね、特になにもありませんが、最近、このあたりを不審者がうろついているという通報が多発しているので、こうして巡回していたら、彼が物陰から出てきたため、とりあえず職質を――」

「そうですか。それは、ご苦労様です」

労《ねぎら》ったシモンが、「そういえば、僕も」と伝えた。

「ちょっと前になりますが、家の前に不審者がいたので、知り合いを通じて巡回を増やしてもらうようお願いしました」

それを聞いた警察官が、「あ、もしかして」と問い返す。

「最近、通りの向こうに越してきた方ですか？　あの横浜市の歴史的建造物に指定されている黄色い洋館に入居された」

「ええ、そうです。申し遅れましたが、僕はシモン・ド・ベルジュといいます」

名乗ったシモンが、「それで」と交渉する。

「リオの身元は僕が保証しますから、今日のところは、なんとか見逃してもらえないでしょうか？」

「そうですね」

同僚と顔を見合わせた警察官が、うなずく。

「わかりました。それでは、この書類に、貴方のお名前とご住所とサインをいただけますか？」

「ああ、はい」

シモンはその場で書類に必要事項を記入し、理生の身柄を引き取る。

その間、黙って成り行きを見ていた理生が、乗ってきた自転車とともにシモンが借りている近くの洋館に落ち着いたところで礼を言う。

「あの、ご迷惑をおかけしました、ミスター・ベルジュ。それと、ありがとうございます」

理生のために冷たい麦茶を注ぎながら、シモンが答えた。

「『ミスター』は要《い》らない」

それから、コップを理生に渡して告げる。

「それより、桃里家のことだから、きっとこれにも複雑な事情があるんだろうけど、こんな時間だし、まずは誰かに君を迎えに来てもらわないといけない。そのために、僕は誰に連絡をすればいいのかな。お父さん？　それとも別の誰か？」

「あ、それなら、馨《かおる》さんに迎えに来てもらえるか、僕が自分で連絡してみます」

これ以上手間を取らせたくなかった理生は、スマートフォンを取り出しながら言った。

どちらにせよ、帰りはそうするつもりだったのだが、あいにく馨は急な仕事で迎えに来られる状態でないことが判明する。

夏のこの時期、桃里家の人間はとても忙しいのだ。

当てが外れてしまった理生は、「やばい。なんか馨さん、忙しいみたいで」とシモンに報告しながら、さらにスマートフォンを操作する。

「両親もいないし、しかたないから、タクシーを呼んで帰ります」

すると、苦笑したシモンが申し出た。

「それくらいなら、僕が送るよ」

こんな時間に一人でタクシーなんかに乗せて、理生に万が一のことがあったら、シモンはユウリに顔向けできなくなる。

そこでシモンが車の鍵に手を伸ばしていると、今度は彼のスマートフォンが鳴り、シモンは相手を確認することなくすぐさま電話に出た。

「やあ、ユウリ。――今、どこだい？」

着信音で、ユウリとわかったのだろう。

彼方《かなた》でユウリが答えた。

『それがさ、最終の新幹線で東京に戻ってきたばかりなんだけど、ホテルに着いたら部屋はもぬけの殻で、ひとまずシモンにメールをしようとしたら馨さんから連絡が来て、今から横浜のベルジュ邸まで理生を迎えに行ってほしいと頼まれたんだ』

「へえ」

シモンが相槌《あいづち》を打つ間にも、ユウリの混乱ぶりが伝わってくる。

『それで、なにはともあれ、横浜に向かうのに、ホテルの駐車場に停めてあったうちの車に乗ったところまではよかったんだけど、よく考えたら、僕、「横浜のベルジュ邸」なるものの正確な場所を知らなくて』

「ああ、そうだったね」

『さらに、馨さんから「時間があったら理生の相談に乗ってやってほしい」と頼まれたんだけど、それだけではなんのことかさっぱりわからなくて、なんか、すっかり浦島太郎《うらしまたろう》の気分』

嘆いたユウリが、『シモンは』と尋ねた。

『なにを、どこまで知っているの？』

ユウリが話すのを聞いている間、玄関の手前で立ち止まり、車の鍵を手の中で弄《もてあそ》んでいたシモンは、理生の名前が再度出てきたところで、チラッとかたわらの少年に視線を落とした。

その際、理生の視線は電話中のシモンではなく、玄関脇の小部屋のほうに向けられていて、しかも、その薄茶色の瞳は、そこになにかを見出《みいだ》しているかのようにじっと一ヵ所に据えられていた。

だが、ユウリとの会話に集中していたシモンは、理生が視《み》ているものにまでは気がまわらずに答える。

「リオの事情は、僕もまだ聞いていないよ」

『そうなんだ』

「僕にわかることとして、まずホテルがもぬけの殻だった件は、申し訳なかったね。君に詳しい説明をしていなかった僕が悪い」

『そんな、謝ってもらうほどのことではないよ。ただ、ちょっとびっくりして。――なにせ、僕も例によって例のごとく、スマホの充電が切れかけていたから、今夜戻ることをシモンに伝えそびれていたし』

「たしかに」

苦笑したシモンが、続ける。

「僕のほうでもメールをしようと思っていたんだけど、君がいつまで京都にいるかわからなかったし、そっちでいろいろありそうだったから、こっちの話は、君が東京に戻ってきてからでもいいかと思ったんだ」

ありきたりな説明をしたシモンが、「ということで」と伝える。

「今からここの住所を言うから、車のナビに登録してくれるかい？」

『わかった』

今どきはわざわざ文字で打ち込まなくても、住所を復唱すれば音声データとしてナビゲーションシステムが認識してくれる。

そこでシモンは、ユウリに横浜の洋館の住所を伝え、彼が到着するのを理生と一緒に待つことにした。

4

横浜の地理に不案内であるユウリに、スマートフォンの位置情報を「ＯＮ」にしてもらったシモンは、ユウリがすぐ近くまで来たところで、電話での誘導に切り替えて、理生と外に出る。

家の中で待たなかった理由は、そのほうがユウリがわかりやすいだろうということの他に、彼をこの家から遠ざけておくという意味があった。というのも、シモンは、まだユウリに自分が体験している心霊現象のことを話していないし、当分話すつもりもない。

だが、ユウリなら、この家に入れば、話すまでもなく察知するだろう。

そして、こちらがなにか言うより早く、なんとかしようとするはずだ。

そこに危険がまったくなければそれもいいが、シモンには判断がつかないことであるため、危険がないとわかるまでは、ユウリをこの問題から遠ざけておきたい。ゆえに、シモンは、まず桃里馨にこの件を相談し、それから今後の方針を固めるつもりでいた。

問題は、かなり忙しそうな馨をどうやってつかまえるかであったが、そのあたりはそれなりのコネクションを駆使するだけだ。

そうこうするうちに前方に車のヘッドライトが見え、ユウリの運転する車が到着した。

「やあ、ユウリ」

車から降り立ったユウリをシモンが迎え、ユウリも嬉しそうにシモンを見あげる。

「シモン。なんか、久しぶりな感じだね」

「実際、久しぶりだろう」

「たしかに」

大学時代はなかなか会う機会のなかった二人だが、シモンがイギリスに居を移してからは、ちょくちょく顔を合わせるようになっていた。それだけに、ほぼ一週間ぶりとなる再会は、お互い、新鮮さと懐かしさを覚える結果となった。

笑ったユウリが、すぐに理生に視線を移して挨拶《あいさつ》した。

「やあ、理生」

「こんばんは、フォーダム」

どこか申し訳なさそうに挨拶した理生が、続けてペコリと謝った。

「あの、お手数をおかけして、すみません」

「なにを言っているんだ。まったくお手数ではないし、むしろ、こうして日本で会えて嬉しいよ」

言いながら、ユウリが理生の髪を軽くかき混ぜた。

それを見ながら、シモンが「さて」と仕切る。

「せっかくだから『お茶でもどうだい?』と誘いたいところだけど、正直、こんな時間だし、僕も明日の準備とかがあるので、今日はこのまま理生を送っていってもらってもいいかな?」

シモンがユウリに尋ねると、ユウリはわずかに意表を突かれた顔をするが、すぐにうなずいて了承した。

「そうだね、そうする」

すると、その横で「あ」と声をあげた理生が、二人を見あげて言う。

「そういえば、自転車、どうしよう……」

「自転車?」

そのことを知らなかったユウリが訊き返したのに対し、事情を知っているシモンが「ああ、それか」と門のところに置いてある自転車を顎で示して応じる。

「推測するに、駅の近くにあるバイクシェアサービスで借りたんだろう?」

「はい」

「それなら、明日の朝、ジョギングついでに僕が返しておくから気にしなくていいよ。たしか、返却時はスマホでの操作は必要なかったはずだから」

「え。……いいんですか?」

「うん」

うなずいたシモンに見送られ、ユウリは理生を助手席に乗せて車を発進させた。ただ、その間も、ユウリの中で一連の流れに対する違和感は拭《ぬぐ》えない。

そもそも、シモンがユウリに横浜に居を移したことを伝えていなかったことも変であったし、久々に会ったユウリを、その場で追い返したのもあまりないことだ。

居を移したことを伝えていなかった件については、先ほど電話で、ユウリが京都にいつまでいるかわからなかった――というもっともらしい理由を述べていたが、一本メールをしてくれたらいいだけのことで、いつものシモンなら、そうしたはずだ。

それに、その場で追い返したことも、あまり納得がいかない。

もちろん、理生のことがあって、そうしたのはわかる。

だが、それならそれで、理生を送ったあと、こっちに戻るかどうかを尋ねてくれてもよさそうだったし、そうでなくても、明日以降、ユウリにもホテルを引き払って洋館に移ってこないかと進言してくれるのが常である。

そういう話がいっさいないというのは、やはりシモンらしくない。そこにはまるで、あの家にユウリを招き入れるまいという意図すら感じられた。

（もしかして、誰かいるのかな……？）

たとえば、女性。

仕事で知り合った女性と意気投合して……ということも、シモンなら十分あり得る。

なにせ、あの容姿だ。一夜限りでもと望む女性はこれまでにも大勢いて、そのチャンスはいくらでもあったはずなのだ。二十代半ばにさしかかろうとしている彼らの年齢から考えても、その可能性は否定できない。

もっとも、そこから派生し得るさまざまな危険を考え、シモンがその手の誘いに常に慎重であることも、ユウリは知っていた。

（やっぱり違うかな……）

だが、だとしたらなんなのか。

（実は、もともと、僕に言っていない予定があったとか？）

恐ろしいことに、ユウリの想像は半分くらいは当たっていたのだが、そうとは知らずに「う～ん」と悩む。

（だとしたら、やっぱり、強引についてくるべきではなかったかも……）

そんなユウリに、理生が助手席からおずおずと日本語で尋ねた。イギリスにいる時もそうだが、他に人がいないと、二人はよく日本語で話す。

「……あの、フォーダム、大丈夫ですか？」

「え？」

ぼんやり生返事をしたユウリは、理生の存在をすっかり忘れていた自分に気づき、慌てて続ける。

「あ、ごめん。大丈夫だよ。——ちょっと気になることがあっただけ」

　それからすぐに頭を切り替え、「それより」と尋ねた。

「理生がシモンと一緒だったというのも、よく考えたらけっこうな驚きだよね。——いったいどういう経緯で、そんなことになったんだい？」

　すると、理生が意外そうな顔になって訊き返した。

「それって、馨さんから詳しい話を聞いたんじゃないんですか？」

「ううん。なにも聞いていないんだ。なんか、馨さん、本来ならとても電話で話せるような状態ではない中、電話してきたみたいで、ほとんど話はしてないよ。——というか、できなかったんだと思う」

「ああ、そうかも」

　実際、理生も半ば一方的に電話を切られた。

　それで、実は少々傷ついていたのだが、そのあとすぐにユウリに連絡を入れてくれたと知り、見捨てられてしまったわけではないと安心できた。

　理生が、「それなら、僕から説明しますね」と言う。

「ベルジュに会ったのは偶然です。僕が補導されかけていたところに通りかかって、助けてくれたんですよ」

　とたん、ユウリが驚いて脇見《わきみ》運転をした。

「補導？」

「――あ、前を見て」

理生に注意され、素直に従ったユウリが訊く。

「でも、なんで補導なんて――」

そこで、溜め息をついた理生が言う。

「実は僕、こっちに戻ってから、修行のために馨さんの仕事を少し手伝っているんですけど、あんな感じで、馨さん、すぐに忙しくなってしまって、僕が関わっている案件がなかなか進まない状態なんです」

「ああ、わかるよ。この手のことって、けっこう優先順位があるから」

その優先順位には、もちろん先着順というのもあるにはあるが、もっとも重きを置かれるのは、内容の危険度だ。性質《たち》の悪い、人に害を及ぼすような案件は、たとえ直近の依頼でも優先される。

理生がうなずいた。

「それは僕もわかっていますが、それならそれで、こっちのことは、僕が一人でなんとかできないかと思って、今夜、問題の霊と接触するつもりで来たんですけど、そうしたら接触する前に――」

「補導されそうになり、シモンに助けられた」

「なるほどねえ」

　ユウリは納得し、それは案外よくある話だと思う。

　霊能者という仕事の内容から、どうしても、夜、人気《ひとけ》のない場所に行かなくてはならない彼らは、警察官から職務質問を受ける確率が高かった。幸徳井家には、そのための応答マニュアルがあるくらいだ。

　事情を知っているユウリが、理生を慰める。

「それは、災難だったね」

「はい。ベルジュが来てくれて、本当に助かりました」

「そのことを伝えたら、シモンも喜ぶよ」

　微笑んだユウリが、「だけど、そうなると」と漆黒の瞳を翳らせる。

「もしかして、君が関わっている案件って、この近くなんだ？」

「そうですね」

「どんな内容？」

　尋ねたユウリが、「あ、実はさ」と伝える。

「馨さんから、ついでに君の相談に乗ってやってほしいと頼まれていて……」

「そうなんですか？　――やったあ」

「はい……」

嫌がるかと思いきや、渡りに舟とばかりに嬉々《きき》として応じた理生が、ポケットからスマートフォンを取り出して言う。どうやらイギリスでの経験を通じ、彼にとってユウリは「時の氏神」のような存在になっているらしい。プライドや遠慮なんてものも、ユウリを前にすると飛ぶようだ。

「それなら、えっと、事の発端はこの映像だったんですが――」

「ああ、ちょっと待って」

自分の反射神経を過信していないユウリは、路肩に車を寄せて停車する。それから画面を覗き込み、すぐに「あ」と声をあげた。

「これ、僕も見た記憶がある」

日本に来てすぐ、ホテルの大型テレビで見た映像だ。暗い道を漂う白い影が、ある住宅の防犯カメラにとらえられたものだった。

「もしかして、テレビですか?」

「そう」

「たしかに、あちこちの番組で使われているみたいだから、見ていてもおかしくないと思います」

理生の言葉にうなずき、ユウリが確認する。

「この件を、君が担当しているんだ?」

「馨さんと僕が……ですけど」

まだ仕事として依頼された案件を一人で扱えるほど、理生の霊能者としての能力は安定していないのだろう。それでも、潜在能力は未知数であるからこそ、忙しい中でも馨が直接指導しているに違いない。

画面を見ていたユウリが、言う。

「男の人だね」

「わかるんですか?」

「うん、まあ」

曖昧《あいまい》に応じたユウリが、訊く。

「映像が撮られた場所って、この近くなんだ?」

「そうですけど、気になりますか?」

「気になるというか、せっかく近くにいるんだし、視られるものなら、実際にこの目で視てからいろいろ考えたほうがいいかな……とは思う」

ユウリの言葉に、理生も深くうなずいた。

「僕もそう思ったから行ったんですけど、結果、補導されそうになりました」

そこで「ハハハ」と顔を見合わせて笑った二人が、「でもまあ」と意見を一致させる。

「失敗は、成功のもとだし」

「今回は、保護者も一緒だから補導はされませんよね」

理生の推測に、ユウリが苦笑して「もっとも」と付け足した。

「警察にしてみたら、単に不審者が二人になっただけだけどね」

それでもユウリはギアをバックに入れ、細い道で何度か切り返すと、理生が補導された場所まで取って返した。

その道々、ヘッドライトの伸びる先を見つめていた理生が、「幽霊といえば」と思い出したように言う。

「あの家にも一人いましたが、放っておいていいんですか?」

「――あの家?」

とっさになんのことかわからなかったユウリが繰り返すと、理生がユウリの横顔を見つめて真剣な口調で説明する。

「今現在、ベルジュがいる、あの洋館です」

とたん。

キキッと音をさせて、ユウリが急ブレーキをかけた。

当然、同乗者もろとも前につんのめる形になり、シートベルトを身体に食い込ませた理生が「ぐえ」と奇声をあげ、今度はすぐに反動で背もたれに押しつけられ、ふたたび声をあげる。

「――ひえ、びっくりした」

「ごめん」

　一つ間違えたら、大惨事だ。

　謝ったユウリが、「でも」と言う。

「僕もびっくりして」

　それから、ハンドルにもたれるようにして理生を見た。

「あの家に、幽霊がいるって？」

「はい」

「視たんだ？」

「視ました。さっき。かなりしっかり」

　断言した理生が、「あれなら」と斜め上を見ながら推測する。

「ちょっと霊感がある人なら、ふとした折に姿が視えるかもしれません」

「ということは、それくらい強い思いが残されているのか」

「そうだと思います」

「あの家に？」

「そこまでは、わかりませんでした」

　その正直な答えに対し、ユウリがさらに訊く。

「それなら、君から見て、どれくらい危険そうだった？」

「えっと」

その時の状況を思い返すように少し考え込んだ理生が、ややあって答える。

「あくまでも僕の感想ですけど、人を取り殺そうとか、ケガをさせようとか、そんな邪悪な感じはしませんでした。——ただ、なにか、そうだな、疾《やま》しさ」

「疾しさ？」

「違うか。後悔かな？　——なんだろう。はっきりしたことは言えませんが、とても焦っている感じはしたかも？」

「焦っている……か」

それが高じれば、それなりの危険が出てくるかもしれない。

悩ましげに考え込むユウリを見つめながら、理生が「まあ」と言った。

「他でもない、その道のプロである貴方になにも言ってきていないのなら、ベルジュはまだ気づいていないんでしょうけど、あれだけ強い思いがあるなら、知らず知らずのうちになにかしらの霊障を受けていてもおかしくない気がします」

どうやら理生なりにシモンの身を案じているようだったが、シモンのことをよく知っているユウリは、異なる推測をした。

（いや、むしろ、シモンの場合——）

すでに気づいているからこそ、ユウリをあの家に招き入れようとしなかった可能性が高い。

その根底には、シモンなりの複雑な思いが横たわっている。

それだけに、このことでユウリはシモンを責められなかったし、簡単にどうこう言えることでもないのだが、やはりもどかしさは拭えない。

（とにもかくにも、一言相談してくれたらいいのに……）

そのあとで、心配したければすればいい。

だが、それができれば、シモンも苦労はしないはずだ。

では、そんなシモンと、ユウリはこの先、どう向き合えばいいのか。

新たに葛藤《かっとう》を抱えつつ、ふたたび車を発進させたユウリは、ひとまず当初の目的地へと向かった。

第四章　時を超えた願い

1

翌日の午前中。

待ち合わせ相手から指定された東京のホテルへとやってきたシモンは、ラウンジでゆったりとコーヒーを飲みながらタブレットを操作し、イギリス支社の調査部門から届いた報告書に目を通していた。

その優美な姿に、チラチラと視線を投げかける女性客が何人もいる。

もちろん、シモンは歯牙《しが》にもかけず、報告書を読み耽《よふけ》る。

それによると、クリスマスカードの宛名《あてな》にある「ミセス・タッカー」の子孫は残っていない。

夫妻に子どもはなく、スコットランドの教会に墓地があるだけだ。

調査部門は実に優秀で、短期間であったにもかかわらず、教会や公文書館の記録を精査し、今現在、タッカー夫妻の足跡をたどろうとするような血族は存在しないと結論づけていた。

つまり、今回、タッカー家の子孫の友人の友人を装って遠野《とおの》に連絡をしてきたという日本人女性は、かなり怪しいということになる。おそらく、なにか別の意図があって接触しようとしているのだろう。

シモンは、辛辣《しんらつ》な笑みを浮かべて思う。

（そもそも、『友人の友人』なんて、赤の他人に過ぎないし――）

昨今はそんな「赤の他人」同士の連携が功を奏することも多いが、やはり危険性は無視できない。

ちなみにタッカー家については、子孫が存在しないことを確認するのに時間がかかったため報告があとまわしになったが、差出人である「アルバート・オーエン」の子孫はわりと簡単に調べがつき、すでに遠野には報告済みだ。

結論から言うと、オーエン家の子孫は実在し、現在はウェールズに住んでいる。

ただし、アルバート自身はというと、一九二三年に来日していることが遠野の調べでわかっていて、しかも運の悪いことに、来日してすぐ関東地方を襲った未曾有《みぞう》の大災害、世にいう「関東大震災」で命を落としていた。

そのため、現在の子孫は直系ではなく、アルバートの姉の息子や孫たちであり、名字もオーエンではない。でも、こちらは間違いなく血縁であり、昨日のうちにシモンからその報告を受けた遠野は、予定どおり、今日、横浜《よこはま》の老舗《しにせ》ホテルでオーエン家の子孫と会うことにしたようだ。

今朝早く、シモンのところを訪ねてきて、この前は結局持ち出さなかった例のクリスマスカードを持っていったのもそのためであった。

このあと、どんな展開が待っているのか。

「なんか、ワクワクします」

例の無邪気な笑みを浮かべながら、遠野はそう言い残して去っていった。

ただ、その際なぜか、最初は車のエンジンがうまくかからず、かかったあとも、何度かエンストを起こしていた。

まるで、見えない力に引き止められているかのように——。

その様子を見て、シモンは小さく溜め息をついたものだ。

(本当に、ワクワクするような展開になればいいけど……)

ただ、そもそもどんな展開になったら、遠野の望みに敵《かな》うのか。そのあたり、遠野自身にもよくわかっていない気のするシモンだった。

そうした回想をしつつ、今現在、シモンがタブレットを見ながら考え込んでいると、横合いから静かに声をかけられる。

「ベルジュ」

顔をあげたシモンの前に、風雅な青年が立っていた。

全体的に色素が薄く、見透かすような薄茶色の瞳《ひとみ》が理生《りお》を彷彿《ほうふつ》とさせる。

ただ、理生が西洋に馴染《なじ》むハイカラさを持つのに対し、目の前の人間はあくまでも着物が似合いそうな雰囲気を全身から漂わせていて、言うならば、東洋版ミッチェル・バーロウといった佇《たたず》まいだ。

立ちあがったシモンが、日本語で挨拶《あいさつ》する。

「やあ、どうも、カオルさん」

「どうも」

現れたのは、桃里《とうり》馨《かおる》だった。

シモンが伝手《つて》を駆使し、かなり強引に多忙な約束を取りつけたのだ。

そこで、シモンが言う。

「すみません、お忙しいところ、ご無理を申し上げて」

「構いませんが、あまり時間がありません」

勧められたソファーに腰かけた馨が、「で」と単刀直入に切り込んだ。

「僕に、相談があるそうで」

本当に時間がないのだろう。

心得ているシモンも、前置きなく返した。

「ええ。——実は、そちらの斡旋《あっせん》で入居が決まった例の洋館ですが、どうやら、ちょっと問題があるみたいで」

「問題？」

「そう。よく言われる『事故物件』的な問題です」

「『事故物件』——」

重々しく繰り返した馨が、「つまり」と確認する。

「あの家には幽霊に相当するものがいて、貴方《あなた》はその霊障に悩まされていると？」

「そうですね」

認めたシモンが、付け足した。

「悩まされているというほどではないかもしれませんが、睡眠の邪魔になるため、それなりに困っています」

「なるほど」

理解した様子の馨が、そこで薄茶色の瞳を細めて尋ねた。

「お話はわかりましたが、なぜ僕に？」

相談してきたのかと訊《き》きたいらしい。

シモンが「それは」と答える。

「いちおう、僕のところにこの話を持ってきたのは貴方ですし、今後もし除霊云々《うんぬん》ということになるなら、やはり信頼できる方に頼みたいので」

「それは、ご信頼いただき、ありがとうございます」

商売人として礼を述べた馨が、「でも」と鋭く突っ込んだ。

「それを言ったら、貴方のそばには、その手の問題を解決するのにうってつけの人物がいるではないですか。しかも、おそらく最強の——。京都からはすでに戻られたと聞きましたし、なぜ、彼に頼まないいんです？」

個人名をあげずに言われたことに、シモンが「それって」と確認する。

「ユウリのことを言っていますか？」

「はい。——それ以外に、誰がいるんです？」

「ま、そうですね」

認めたシモンが、澄んだ水色の瞳を伏せて考える。

ここで、彼自身の複雑な胸中を説明する気はなかったが、かといって、ユウリを頼らない理由を言わずに通すのも難しそうだ。

それで悩んでいたのだが、馨はあっさり看破して助言する。

「ベルジュが不安になるのは、わかります。自分の認識できない問題を、他人に——特に自分が大切に思っている人間に押しつけるのは、押しつける側にもそれなりの覚悟が必要ですよね。そこに、どれくらいの危険が潜んでいるのかすらわからないのだから、なおさらお辛《つら》いでしょう」

思わず、シモンがうなずいた。

「そうなんですよ」

すると、似たような思いに悩む人間を大勢見てきたらしい馨が、「でも」と諭した。

「それだけに、そこにはお互いに対する信頼が不可欠で、問題を託すにしろ託されるにしろ、双方への信頼があって初めて成立し得るものですよね」

「もちろんそうだし――」

心外だったシモンが主張する。

「僕だって、ユウリのことは信頼していますよ」

「信頼している……」

繰り返した馨が、「それは」と確認した。

「能力的なことを、ですか？」

「それもそうだし、彼なら、多少の困難などものともせずに、僕のために全力で取り組んでくれるということも、です。――だから、逆に怖いわけですけど」

断言したシモンだったが、馨はわずかに首を傾《かし》げて指摘する。

「だけど、それだとちょっと、おっしゃっていることとやっていることに矛盾が生じてしまいますね」

「矛盾？」

「ええ」

うなずいた馨が、「だって」と説明する。

「ベルジュは、フォーダムがこの問題を解決できると僕に対して断言しながら、実際は彼に頼らず、こうして僕に話を振ってきた。――それは、心のどこかでフォーダムが失敗するかもしれないと恐れていることに他ならず、実は彼の能力もなにも、まったく信じていないということになりはしませんか？」

「――――」

まさか、そんなことを言われるとは思ってもみなかったシモンが絶句し、馨の顔をジッと見つめた。

（僕が、ユウリを信頼していない？）

それは衝撃の指摘であるが、考えれば考えるほど真実をついているように思えた。

ユウリを危険な目に遭わせたくない。

シモンは、これまでユウリを守るために、できる限りのことをしてきたつもりだ。そしてそれは、それなりの成果をあげてきた。ただ、その思いがあまりに強すぎて、いつの間にかユウリの実力を見誤るようになっていたのかもしれない。

恐れが信頼を呑《の》み込んでしまった。

もちろん、そうなった原因の一つとして、ユウリがこれまでに何度も命の危険にさらされ、そのたびに、そばにいながらなにもできずに苦しんできたという苦い体験があげられる。

恐怖は、さらなる恐怖を生み出す。

ただ、そのせいで、ユウリの実力を「不安」という名の紙で包み込み、信頼という大事な絆《きずな》を見失いかけているのかもしれない。

(そういえば)

シモンは、ふと冷静になって考える。

(ユウリは、僕が洋館に移った件を知らせていなかったことや、まだユウリを洋館に呼び寄せようとしていないことについて、どう思っているのだろう?)

いちおうとってつけたような説明はしておいたが、勘の鋭いユウリのことだから、決して納得はしていないはずだ。

奥ゆかしいユウリは、基本、思ったことをすぐに口には出さない。吟味した末、本当に必要なことだけを告げる。その際、自分の心が疲弊したり傷ついたりすることには注意を払わず、常に相手の立場でものごとを判断する。

だから、この件で不安に思ったり傷ついたりしたとしても、シモンにはそのことを言わずにおくはずだ。

（つまり、今、もしユウリが不安を押し殺しているとしたら、それは間違いなく僕のせいであり、僕が僕自身の中にある不安に負けて、結果、ユウリの不安を煽《あお》っている）

守りたいと思っている人間をみずから不安にさせるなんて、本末転倒もいいところであった。

黙り込んだシモンの前で立ちあがった馨が、「ということで」と告げた。

「ご依頼の件は丁重にお断りしますよ。――というか、申し訳ないが、そんなことに割いている時間は、今の僕にはありません。なので、フォーダムで事足りるならフォーダムにお任せしますし、さらに言うなら、彼で事足りない案件を引き受けるほど、僕は愚かでもないし、自惚《うぬぼ》れてもいませんから」

2

同じ日の午後。

横浜市中区《なかく》。

山下《やました》公園の近くにある老舗《しにせ》ホテルでは、遠野が紅茶を飲みながら約束した相手の到着を待っていた。その相手というのはもちろん、彼が情報提供を呼びかけたクリスマスカードについて、イギリスから問い合わせをしてきたオーエン家の子孫である。

なんとも忙しそうな相手は、場所と時間をピンポイントで指定してきた。

いちおう社長である遠野だって忙しく、それなりに時間調整が必要な身ではあったが、外国からわざわざやってくるというその手間を考慮し、相手の指定した日時に合わせることにしたのだが――。

約束の時間になっても、それらしき人物がいっこうに姿を見せない。

(これは、もしや、おちょくられたか?)

キョロキョロしていた遠野が下を向き、メールが入っていないかと自身のスマートフォンを取りあげた時だ。

ドサッと。

前触れもなく、一人の男が向かいのソファーに座った。その際、確認や挨拶の言葉はいっさいなく、さらに座ったとたん、居丈高に足を組む。

驚いた遠野は、声もなく相手を見つめた。

長身痩軀《そうく》。

長めの青黒髪を首の後ろで無造作に結わえ、底光りする青灰色の瞳で鋭く遠野を見返している。

異様に迫力のある人物だ。

座る際、黒いサマーカーディガンの裾《すそ》を翻した様子などは、闇《やみ》から立ち現れた悪魔を思わせた。

ややあって、遠野がようやく声を絞り出す。

「――びっくりした」

それを機に、男のほうでも口を開く。

「遠野弘《ひろし》だな？」

しかも、日本語だ。

ぞんざいな口調なのは、それが彼の日本語習得における限界なのだろうと、遠野は好意的に解釈した。ただ、見た感じ、態度もぞんざいかつ横柄であるので、単に彼の性格の表れかもしれない。

「そうですが、そういう貴方は、オーエン家の方で間違いありませんか？」

「正確には『使い』だな」

「使い？」

「あるいは交渉人《ネゴシエーター》か」

おもしろそうに言い換えた相手が、「で」と前触れもなく切り込んだ。どうやら正式な自己紹介は省くことにしたらしい。それも含め、初対面の相手に対し驚くほどの傍若無人さである。

「例のクリスマスカードは持ってきたのか？」

「ええ、持ってきましたが」

「なら、話は早い」

勝手に決め込んだ自称「交渉人」が訊く。

「いくらで、売る？」

「――は？」

突然の値段交渉に、一瞬相手が日本語を間違えているのかと思った遠野が、念のため、英語で訊き返す。

「Did you say, "How much?"」

「Ya. I did」

ビジネスシーンではあまり聞かない軽めの肯定を返してから、相手はふたたび日本語に戻して言った。

「関係者に返却するにしたって、ただってことはないだろう」

聞き間違いでないと知った遠野が、慌てて説明する。

「申し訳ありませんが、このクリスマスカードを返却つもりはありません。売る気も。とはいえ、いろいろ話をお聞きした上でどうしてもそれが必要だと感じたら、また考えますが。今のところ、その気はないです」

眉《まゆ》をひそめた相手が、「だったら」と問いかける。

「なんのために、情報提供なんて呼びかけた。返すためじゃないのか？」

「違います。——歴史のためですよ」

きっぱりと言い切った遠野が、「歴史……？」と違和感たっぷりに呟《つぶや》く相手を前に熱弁をふるう。

「ＳＮＳにも事情を書きましたが、問題のクリスマスカードは僕が復元した横浜の洋館の改築中にたまたま見つかったもので、いわば、あの家の歴史の一部です。僕はそういうものを大切にしているし、そもそも、そういう思いがなければ、古いものを古いまま、建築された当時の姿に復元しようなんて途方もなく手のかかること、しませんよ」

「たしかに、バカだな」

もってのほか――」

「そうかもしれませんね」

苦笑した遠野が、「とにかく」と改めて宣言する。

「苦労の末に蘇《よみがえ》ったあの家ですから、どうせなら、当時、あの家に住んでいた人間のことが少しでもわかればいいなと思って情報提供を呼びかけたんです。だから、売るなんてもってのほか――」

「なるほど」

ひとまず納得したらしい相手が、「だが」と皮肉げに笑う。

「こっちが、それで納得がいくかどうか……」

「そんなことを言われても」

困ると思った遠野がなにか言いかけるが、その時、彼のスマートフォンがメールの着信を知らせたため、彼はチラッと画面に目をやった。仕事関係のトラブルということもあるため、いちおう画面はいつでも見られる状態にしておいたのだ。

正解だ。

そこに示された表題にびっくりした遠野が、「あ、ちょっと失礼」と形式的に言いながらスマートフォンを取りあげる。

ほぼ同時に、驚きの独り言が口を突いて出た。

「ベルジュ邸に侵入者って、マジか――？」

　それから内容を素早く確認すると、大慌てで立ちあがりながら、自称「交渉人」に告げる。

「すみません。別件で重大なトラブルが発生したようなので、続きはのちほど改めて。手が空き次第、こちらからご連絡差し上げますから」

　すると、なぜか遅れて立ちあがった相手が、「改めずとも」と応じた。

「俺も一緒に行けばいいだけのことだ」

「――へ？」

　びっくりした遠野が、やんわりと断る。

「一緒にって……、でも、これから向かうところは、プライベートのお住まいですので」

「知っている。――だが、幸い、そこに、俺のつかまえたい人間もいるはずだから、結果オーライ、万事めでたし、だよ」

3

遠野が山下公園の近くにある老舗ホテルでオーエン家の関係者と会っていた頃、馨と別れたシモンは、その足で都内の五つ星ホテルにいるユウリを迎えに行き、車で横浜へと向かった。

冷房の効いた車内。

軽快なハンドルさばきで高速道路を飛ばしつつ、シモンが言う。

「まずは、ユウリ。このところのことを謝っておくよ」

「謝る？」

「うん」

チラッとユウリのほうを見て、シモンは続けた。

「なんか、いろいろと中途半端な状態にしてしまっていたから、君ももやもやしていたんじゃないかなって」

「――ああ」

シモンの言いたいことがわかったらしく、ユウリが苦笑して応じる。

「もやもや……というか、まあ、そうだね、もやもや。――もやもやかあ」

考えた末に、ユウリが言った。

「気づいたらホテルに一人で取り残されて、最初に思ったのは、やっぱり強引についてきてしまったのがまずかったかな……だった。シモンには、シモンの予定があっただろうから」

「ああ、うん。当然、そうなるよね。――ごめん」

謝ったシモンが、きっぱり言い切る。

「でも、はっきり言っておくけど、それは違う。君がそばにいてくれて、僕が困ることはないよ。――もちろん、時間が取れずに申し訳ないと思うことはあるだろうけど、それを気にする君ではないだろうから」

「そうだね」

ユウリは一人でいるのが苦ではないので、待っていてくれと言われたらいくらでも待っていられる。ただ、今回の問題は、その「待っていてくれ」の一言がなかったことにあった。

なにも言われず、ただ一人、取り残された。

この違いは、大きい。

「本当に申し訳なかったけど、これには事情があって――」

すると、クスッと笑ったユウリが、先を読んで告げた。

「うん、知っている。幽霊だよね？」

「――え？」

驚いたシモンが、訊き返す。

「知っていたんだ？」

「そうだね」

いつもはなんでもお見通しという顔をしているシモンの驚く表情が楽しかったのか、ユウリは柔らかく微笑《ほほえ》みながら問題の核心に触れた。

「これから行く横浜の家――あの洋館には、幽霊がいる」

「そのとおりだけど、なんで――」

ユウリが知っているのか。

シモンがその話をしたのは、今のところ遠野と馨だけである。

そこで、シモンが確認する。

「もしかして、カオルさんから君に連絡があった？」

この短時間で連絡が行くとは思えなかったが、今はスマートフォンという便利なツールがあるので、情報のやり取りは一瞬だ。

だが、やはり馨はそれほど暇ではないらしく、ユウリが意外そうに訊き返した。

「ということは、シモン、まずはこのことを馨さんに相談したんだ？」

「そうだね。――一瞬で断られたけど」

それに対し、ユウリが珍しく抗議する。

「それって、水くさくない？」

「うん。わかっている」

「――本当に？」

やはり珍しくも、ユウリは少し踏み込んだ発言をした。

「だって、シモンがやったことって、僕が食べるものに窮した時、遠慮してシモンのところに駆け込まず、こっそりミッチェルさんあたりに、『お腹《なか》が空《す》いたから、なにかご馳走《ちそう》してください』ってお願いしに行くようなものなんだよ？」

「たしかに」

ちょっと譬《たと》えがずれている気もしたが、シモンは苦笑して認める。

「そんなことをされたら、『水くさい』になるね」

もっと言ってしまえば、「なんで、僕じゃないんだ」と拗《す》ねてしまいそうだ。

反省の溜め息をついたシモンが、ふと気になって尋ねる。

「あれ、でも、カオルさんじゃないなら、いったいどうして――」

ユウリが幽霊のことに気づいたのか。

ユウリが正解を教える。

「理生だよ」

「リオ?」

その存在をすっかり忘れていたシモンが、ようやく合点《がてん》がいったように応じる。

「ああ、言われてみれば、リオはあの家に入っているね」

理生について、シモンはまだ彼の能力を間近で見たことがないため、ユウリや馨のような秀でた霊能力の持ち主であるという認識に欠けていた。でも、彼は桃里家の人間で、しかも、なんらかの使命を帯びてわざわざセント・ラファエロに編入しているのだ。

その場にいる幽霊の気配くらいは、容易に察知し得るだろう。

シモンが肩をすくめて感想を述べた。

「彼のことはまったく意識になかったけど、そうか、とんだ伏兵がいたものだな」

「そうだね」

ユウリが認める。

「理生の能力は、未知数だから」

その理生とユウリは、昨夜、例の、夜な夜な住宅街に出没する白い影との接触に成功していた。ユウリの見立てどおり、正体は男性で、どうやら道に迷っていることが接触によって確認できた。

(というより――)

ユウリは、姿同様、おぼろになりかけている白い影の記憶をたどるうちに、核となる思いに行き当たった。

――会わなくては

あの白い影を形作っているのは、その思いだ。

誰かに会わなくてはいけないという焦りにも似た思い――。

おそらく、会うことが叶わないまま命を落とすこととなり、その思いだけが時を経ても昇華されず、あのあたりを彷徨《さまよ》い続けている。

（未練というより、一種の呪縛《じゅばく》なのかもしれないな……）

考えに耽っていたユウリを、シモンが呼ぶ。

「――ユウリ？」

ハッとしたユウリが、シモンを見あげて訊き返す。

「あっと、ごめん。なにか言った？」

「うん」

運転しながら苦笑したシモンが、言い直す。

「あの家にいる幽霊について、リオがどういうふうに話していたか、教えてほしいと言ったんだよ」

「ああ、なるほど」

　理解したユウリが、「えっと」と頭を切り替える。

「そっちは、そうだね、う～んと」

　理生との会話を思い出すのに気を取られ、とっさに要《い》らぬ言葉を挟んでしまったユウリに対し、なんだかんだ聡《さと》いシモンが聞き逃さずに訊き返した。

「そっち？」

「え？」

「今、君、『そっちは』って言ったよね」

「そうだっけ？」

「うん」

　断言したシモンが、「そういえば」と思い出す。

「君は、カオルさんからリオの仕事を補佐するように頼まれたんだっけ？」

「そうだけど」

「もしかして、その件で、昨日、なにか動きがあったとか？」

「う～ん、まあ、そうだね」

　誤魔化しきれずに認めたユウリが、「あのあと」と説明する。

「理生と一緒に、現場に行ってみた」

「それって、リオが補導されそうになった場所だよね？」

「うん」

「となると、けっこう危ない橋を渡ったものだな。——警察が目を光らせているかもしれないとは思わなかったのかい？」

「思ったけど、その時はその時だから——」

あっさり応じたユウリが、「でもね、シモン」と言う。

「いろいろ知っておきたい気持ちはわかるけど、まずはシモンのほうの問題を片づけてしまおうよ。——というのも、変に錯綜《さくそう》させてしまうと僕の中で両者が一緒くたになって、正しい道筋が見えなくなりそうだから」

「了解《ダコール》」

肩をすくめたシモンがフランス語で了承の意を示したところで、彼のスマートフォンがいつもとは違う、異様な音を発した。

なんとも警告めいた音である。

「シモン、なんか変な音がしているけど……」

「そうだね」

不安げにシモンのスマートフォンを見つめるユウリの横で、運転しながらチラッと画面に視線を走らせたシモンが、小さく呟く。

「……あの家に侵入者？」

聞き取ったユウリが、驚く。

「え、大丈夫なの？」

「わからない」

応じたシモンは、ギアを入れ替えながら告げた。彼らの乗る車はちょうどみなとみらいを過ぎたところで、山下町《やましたちょう》出口へと向かいつつある。

「ごめん。ちょっと飛ばすから、ユウリ、しっかりつかまってて」

4

洋館が近づくにつれ、ユウリは少しずつ前のめりになっていく。

閑静な住宅地に佇む黄色い外壁の家。

今はその家の周辺だけが、やたらと賑《にぎ》やかだ。

二人の到着はいちばん遅かったようで、そこにはすでに警備会社の車両と警察車両、あとは優美な形をした旧式のアストンマーチンが停《と》められている。

そのアストンマーチンのそばに、一人の男が立っていた。

遠野ではない。

長身痩軀。

長めの青黒髪を首の後ろで無造作に結わえた立ち姿。

驚いたユウリが、シモンのほうに手を伸ばして言う。

「嘘《うそ》。——シモン、あれ」

「うん。僕も驚いている」

車を減速させながら応じたシモンが、空いたスペースに車体を滑り込ませつつ独りごちる。

「本当に、なんであの人が――」

その神出鬼没ぶりは、もはやホラーだ。

停車した車から転がるように降りたユウリが、その人物に駆け寄るなり訊いた。

「え、もしかして、侵入者ってアシュレイですか⁉」

とたん、組んでいた腕を解いてペシッとユウリの頭を叩《たた》いたアシュレイが、「お前は」と呆《あき》れたように言った。

「相変わらず寝ぼけているな。ずる休み中、ずっと寝ていたのか?」

「まさか。働いていましたよ」

否定したあとで、別の箇所も否定する。

「ずる休みではないし」

とたん、鼻で笑ったアシュレイが言い返した。

「働いていたね。――俺のところで有給休暇をむさぼっておきながら、余所《よそ》で働くとはいい度胸をしている」

「それは、成り行き上しかたなく。――というか、隆聖《りゅうせい》からは、特に給料なんてもらっていませんし」

「だったら、うちもボランティアにするか?」

ああ言えば、こう言う。

アシュレイの嫌みに、ユウリの背後からシモンが答えた。

「ご冗談を。給与の支払いが停止した時点で、僕のほうでユウリの身柄を引き取りますから、そのつもりでいてください。——秘書なりなんなり、彼のためのポジションはいくらでも用意できるんですよ」

「秘書ねえ」

ユウリの顔をチラッと見おろしたアシュレイが、「そんなの」とあざ笑う。

「こいつの場合、宝の持ち腐れに過ぎないな。それくらい、お前にだってわかっているだろう」

たしかに図星であったが、シモンはあえて答えず、「そんなことより」と話題を変えた。

「問題は、貴方ですよ、アシュレイ。——なぜ、こんなところにいるんです」

「いちゃ悪いか？」

「理由によっては、ええ」

すると、アシュレイがなにか言う前に、洋館の庭から出てきた遠野が、シモンを見つけて近づいてきた。

「あ、ベルジュ様」

「ああ、どうも、遠野さん」

「このたびは、大変でしたね。——でも、ご安心ください。大きな被害もなく、犯人も取り押さえられましたから」

「へえ」

意外だったシモンが、確認する。

「犯人、捕まったんですか。さすが、日本の警察は優秀ですね」

「というより、警備会社の人間や警察官が到着した際、犯人たちはまだ家の中で捜しものをしていたみたいで、あっさり」

遠野の説明に、いくつか疑問点が生じたシモンが、まず人数を確認した。

「犯人たち？」

「はい。単独ではなく、男女二人組です」

「そうなんだ。――それで、その二人組は、捕まる危険を冒してまで、この家でなにを捜していたんでしょう？」

それに対し、遠野が例のクリスマスカードを取り出し、「どうやら」と教えた。

「警備会社の人の話では、これを捜していたようなんです。でも、運悪く――いや、こちらサイドからすると運よくになるのかな――、ご存じのとおり、僕が今朝持ち出してしまっていたから、当然、捜したところで見つかるわけもなく、御用と相成りました」

そんな説明を聞いている間にも、警察官に連れられて家を出てきた二人連れのうち男のほうの顔を見て、シモンが言う。

「あれ、あの顔……」

「見覚えがありますか？」

「ええ。例の不審者ですよ」

「ああ、やっぱり。それなら、下見でもしていたんでしょうね」

納得したらしい遠野が、「ただなあ」と首を傾げながら続けた。

「妙なことに、実は僕も、さっきから彼のことをどこかで見たことがあるように思っているんですよ」

「遠野さんも？」

「ええ」

うなずいて、彼はさらに首を傾げて考え込む。

「どこだったかなあ」

その時、彼らのそばを通りかかった男が、遠野が手にしているクリスマスカードを見て、足を止めた。

「なんだよ。あんたが持っていたのか。前に建物を一般公開した時は、この家の中に飾ってあったのに――。ちくしょう」

警察官に「ほら、歩け」と小突かれながらも、彼は足を踏ん張って「言っとくけど、それ」と主張した。

「俺のだぞ。少なくとも、俺が見つけたんだ。俺にだって、権利があるはずだ」

遠野が不審げに呟く。

「君が見つけた？」

「そうだよ。俺が見つけて、あんたに渡したんじゃないか。忘れたのか？」

「君が見つけて、僕に渡した……」

主語を変えて繰り返した遠野が、ややあって「そうか！」と合点がいったように応じた。

「君、あの時の――」

シモンが横から尋ねる。

「やっぱりお知り合いでしたか？」

「ええ」

うなずきながらシモンに視線を流し、遠野は困惑気味に答えた。

「とはいえ、知り合いというほどの知り合いではなく、改築の際、瓦礫《がれき》の撤去の手伝いに来てもらった日雇いのアルバイトです」

「日雇いのアルバイト……」

「いちおう歴史的建造物ということで、この家の改築にはかなり質の高い職人さんたちに関《かか》わってもらったんですけど、瓦礫の撤去には人出が必要だったので、その間だけ一時的にアルバイトを雇い入れることになって、その時に来てもらったうちの一人です」

「なるほど」

納得したシモンが、「では、その際に」と確認した。

「彼が、このクリスマスカードを見つけたんですね？」

それに対し、遠野ではなく本人が答える。

「そうだよ。俺が見つけたんだ。だから、俺にだって権利があるはずだ」

先ほどと同じことを繰り返した男の言葉を、シモンがきっぱり否定する。

「それはないいな。日本の法律にはさほど詳しくないけど、たしか誰が見つけようと、その場所から出てきたもの――一種の埋蔵物ととらえての話だけど、それはこの土地の所有者である遠野さんのもので、遠野さんに権利があるはずだよ」

遠野がうなずいた。

「この方のおっしゃるとおりで、申し訳ないけど、君に権利はない。――だいたい、あの時の雇用契約書に、その旨は書いてあったはずだけど」

「そんなの知るか」

吐き捨てた男が、「こんなことなら」と悔しそうに言う。

「見つけた時に、こっそり持ち帰ればよかった。そうしたら、今頃――」

言葉を切った男に対し、遠野が興味を示して尋ねた。

「今頃、なんだい？」

彼を連れていこうとしている警察官を片手をあげて制し、遠野がさらに訊く。

「そもそも、こんな使い古しのクリスマスカードなんて、君や彼女にはさしたる価値もないだろうに、なぜ、罪を犯してまで手に入れようとしたんだ？」

そのことが、遠野には謎《なぞ》だ。

だが、痺《しび》れを切らした警察官が彼を引っ立てて連れていってしまったため、男の口からその答えが語られることはなかった。

それで落胆しかけた遠野だったが、意外にも、答えが別のところから返る。

「当然、そのクリスマスカード自体に価値があるからだ」

5

突然投下された意味深な発言に全員の目が向けられた先で、アシュレイが両手を開いて「それくらい、言わずもがな、だろう」と続けた。

「でなきゃ、あんたが言っていたように、誰がこんな使い古しのクリスマスカードなんかに興味を示す？　そんなのは、どこかの歴史バカくらいのもんだ」

暗に遠野の歴史好きをあげつらったアシュレイに、シモンが訊く。

「それなら、貴方には、これの価値がわかっているんですか？」

「もちろん」

応じたアシュレイが、「だから」と宣言する。

「俺は、ここにいるんだろうが」

「つまり、貴方の目的は、そのクリスマスカード？」

「正確には、それにまつわるあれやこれやだが――」

口の端をあげて笑ったアシュレイを見て、シモンが小さく首を横に振る。神出鬼没もさることながら、状況をコントロールするだけの知識を隠し持つ、その用意周到さも相変わらずだと思ったからだ。

すると、そんな二人を眺めていた遠野が、不思議そうに尋ねた。

「さっきから思っていましたが、もしかして、お二人はお知り合いですか？」

「ええ、残念ながら」

シモンが本音を交えて応じたあとで、「そういう遠野さんこそ」と訊き返す。

「彼とどんな関係が？」

「関係というか――」

そこで、ためらいがちにアシュレイを見た遠野が「この人こそ」と答える。

「僕が、今日会っていたオーエン家の方なんですけど……」

「なるほど」

納得したシモンが、澄んだ水色の瞳をアシュレイに向け、痛烈な嫌みを繰り出した。

「つまり、ここに来て詐称ですか？」

「人聞きの悪い」

肩をすくめて応じたアシュレイが、「俺は」と弁明する。

「オーエン家の人間だとは一言も言っていない。あくまでも『使い』、あるいは
『交渉人《ネゴシエーター》』だと伝えてある」

「ああ、たしかに」

認めた遠野の横で、「『使い』ねえ」とシモンがつまらなそうに口にする。

「いったい、どんな『使い』なんだか……」

それに対し、遠野が話を戻してアシュレイに訊いた。

「まあ、それはいいとして、貴方は、今しがた、このクリスマスカードには価値があるようなことをおっしゃっていましたよね。――それってどういうことですか？」

いったい、このクリスマスカードのどこに、人に罪を犯させるような価値があるというのか。

そこがいちばん知りたい。

底光りする青灰色の瞳でチラッと遠野を見たアシュレイが、説明する。

「驚くなかれ、それは、『コール・ホースレイ・カード』と呼ばれるもので、一八四三年に作られた世界で最初のクリスマスカードだ」

「世界で最初のクリスマスカード？」

驚くなと言われても驚いてしまった遠野が、「これが？」と呟く。

まさか、そんな価値のあるものとは知らず、目を丸くして手の中のカードを見おろす遠野の横で、ユウリとシモンも意外そうな視線を向けている。

そんな三人を満足そうに眺めながら、アシュレイが説明を続けた。

「作らせたのがヘンリー・コール、デザインを担当したのがジョン・カルコット・ホースレイであるため、『コール・ホースレイ・カード』の名がついたわけだが、当時は一枚一シリングで売っていたらしい。それが、前世紀末のロンドンのオークションでは、かなりの高値で落札されている。現存するのは十二枚と言われていて、そのことを思えば、今なら未使用でかつ状態がよければ、とんでもない値がつく可能性がある」

「とんでもない値……」

遠野が、びっくりした声で繰り返した。

アシュレイが「ただ」と注釈を施す。

「そんなお宝は、まあ、出ないだろう。可能性があるとしたら、どこかのコレクションから流出するくらいで、もしそんなものが出ても、コレクターたちの間ですぐに噂《うわさ》になって一瞬で表舞台から消えるだろうな。――となると、あとは使用済みのものに希望を繋《つな》ぐしかないわけで、その使い古しのクリスマスカードでも、状態さえよければ、オークションでそれなりの値がついただろう。実際、写真付きで宛名の人物や送り主について情報提供を呼びかけたサイトに対し、一部のグリーティングカード・コレクターたちが自分たちのサイトでざわついていたからな」

言いながらアシュレイが顎《あご》で示した先には、遠野が手にする古びたクリスマスカードがある。

たしかに状態は非常に悪く、染みも多い。

それでも、運がよければけっこうな値がつく可能性はあった。

「だから、あの男は、躍起になって、このクリスマスカードを手に入れようとしたわけですね」

シモンが侵入者の動機を明確にし、「おそらく」と推測する。

「一緒にいた女性は、タッカー家の子孫の友人の友人を装って連絡してきた人間と同一人物である可能性が高いでしょう。だけど、こちらで身元確認をする間、ひとまず会うことを保留にしたせいで、こんな強硬手段に出たのだと思います」

「――たしかに、そうかもしれない」

遠野が混乱したまま返事をし、「だけど」と言う。

「そもそも、このクリスマスカードが書かれたのは、どう見積もっても一九〇〇年代に入ってからのはずで、制作された時とは時期がかなりずれています。それなのに、なぜ、こんなものが使われたんでしょう？」

アシュレイが「単純なことだ」と答える。

「差出人であるアルバート・オーエンの祖父が、有名なグリーティングカードのコレクターだった。アルバートは、その祖父のコレクションからこっそり拝借したわけだが、よりにもよっていちばん価値のある、世界で最初のクリスマスカードを選んでしまった。そのことを、祖父は今でも恨んでいてね。取り戻したがっている。――同じオーエン家でも、俺はむしろ、そっちの使いだ」

「そっちの？」

訝《いぶか》しげに繰り返した遠野が、すぐさま矛盾点を指摘する。投げ出された言葉に即座に反応できるあたり、かなり頭が切れると言えよう。

「でも、その方、とっくに亡くなっていますよね。それなのに『使い』というのは、おかしくないですか？」

だが、それには答えず、アシュレイは、よそ見をしているユウリの頭を小突いて宣告した。

「というわけで、すっかり忘れていたが、ユウリ、ミスター・シンから伝言だ」

そのユウリはといえば、先ほどからなにか気になることがあるようにしきりと家のほうを見ていたのだが、小突かれてハッとし、煙《けぶ》るような漆黒の瞳を慌ててアシュレイに向けた。

「えっと、なんですか？」

「だから、回収よろしく、と——」

「回収……？」

いったい、なにを回収しろというのか。

悩ましげに繰り返したユウリに代わり、シモンが確認する。

「話を総合すると、貴方はオーエン家ではなく、実際はミスター・シンの使いで来たということになりますね?」

「そうだとしても、それがなんだ?」

「『なんだ』って、開き直らないでください」

「開き直るつもりはさらさらないが、この際、誰が誰の使いかなんてどうでもいいことだろう。もっと言ってしまえば、もとは一緒だからな。――むしろ、大事なのは」

言いながら、遠野の手からクリスマスカードを取りあげたアシュレイが、言う。

「こいつが、最終的に誰の手に渡るか――だ」

「だから、それは、遠野さんのものだと言っているでしょう」

シモンの反論に対し、アシュレイが言い返す。

「彼方《かなた》に必要としている人間がいるのに、か?」

「彼方に――」

繰り返したシモンが、「それって、つまり」と訊き返した。

「ミスター・シンのところにそういう依頼が舞い込み、貴方は両者の間を取り持つために日本に来たということですね?」

「さて、どうかな」

明確には答えなかったアシュレイの意図は、どこにあるのか。

するとその時、スッと家のほうに向かって歩き出したユウリが、「あるいは」と別の見解を口にする。

「それを必要としていない人間もいる……」

そんなユウリの後ろ姿を、三人三様の視線が追った。

洋館と道路を隔てる門のあたりには車両がごった返していて、今、ようやく男女二人組の犯人を乗せたパトカーが動き出した。だが、まだこのあと、必要な書類を書くなど、しばらくはゴタゴタした状態が続くのだろう。

そんな中、開いたままの門から敷地内に入ったユウリは、いちばん手前の窓の下に立ってじっと上を見あげる。その窓は玄関脇《わき》の小部屋に開いた窓で、部屋の暗がりに先ほどから女性の姿があるのに、ユウリは気づいていた。

女性は、最初は遠野のほうを、現在はアシュレイのことを見つめている。

おそらく、彼女が見ているのは人ではなく、その人間が手にしているクリスマスカードなのだろう。

その行方について、彼女はとても憂えているようだ。

女性の様子を観察するユウリは、ふと、以前理生が口にしていた彼女についての感想を思い出す。

あの時、理生はこう言った。

疾《やま》しさ。

違うか。後悔かな？

なんだろう。

はっきりしたことは言えませんが、とても焦っている感じはしたかも？

概《おおむ》ね、そんなところだ。

そして、ユウリも今、同じことを感じている。

（疾しさ……）

たしかに、クリスマスカードを見つめる彼女からは、疾しさと後悔のようなものが伝わった。

（だとしたら……）

ユウリは、心の中で問いかける。

（この女性の望みは、なんだろう？）

と――。

その心の声が聞こえたのかどうか、それまで遠くに向けられていた女性の視線がスッと下に落ちてユウリを見つめた。まさに、日中に幽霊と目を合わせてしまった状態であるわけだが、その瞬間、女性の記憶がユウリの中になだれ込んでくる。

場所は、どこかの家の中だ。

ただ、目の前の家とは間取りも様子も違い、もう少し手狭な印象のある可愛《かわい》らしい家である。ドレープのあるレースのカーテンがかけられた窓辺に腰かけ、彼女は膝《ひざ》の上のクリスマスカードを手で撫《な》でていた。

それを脳内に投影させながら、ユウリは頭の片隅で思う。

(読むのではなく撫でる行為に、どんな意味があるんだろう……?)

ややあって、彼女は、それを陽光に翳《かざ》した。

その間、彼女は終始微笑んでいる。

幸せなのだ。

幸せと、ちょっとの疾しさ。——いや、疾しさゆえの高揚感が幸福感に繋がっているのかもしれない。

女性の記憶をたどりながら、ユウリは考えた。

(もしかして、道ならぬ恋——?)

と、その時。

ユウリの背後でシモンの声がした。

「あれ、アシュレイ、そこになにか書いてありませんか?」

振り向くと、シモンがクリスマスカードに手を伸ばしている姿があった。

「今、光の加減でなにか字が見えた気がしたんですけど」

それに対し、「光？」と呟いたアシュレイが、手にしたクリスマスカードをシモンには渡さず、自分で太陽に翳して眺める。

「……ああ、たしかに」

認めたアシュレイが、言う。

「ここに、秘密の文字が刻まれているな」

「秘密の文字？」

「間違いない。リトグラフのせいでわかりにくくなっているが、隙間《すきま》に文字が刻まれている」

とたん、遠野が「へえ」と声をあげた。

「そんなの、今の今まで気づきませんでした。……まあ、暗いところでしか見たことがなかったから」

ぶつぶつ言っている彼が、アシュレイの手からクリスマスカードを取り戻したがっているのは明白だったが、アシュレイは渡さず、秘められた文字を勝手に読み解く。

「鉛筆があれば早いんだが……、まあ読めそうだな。『愛《いと》しのトリー。来年、君に会いに行く。君のアル』だそうだ」

それを聞いたシモンが、「つまり」と内容を整理した。

「『トリー』と呼ばれているミセス・タッカーは、『アル』と名乗るアルバート・オーエンと、秘密の恋人同士だったということですかね？」

「それ以外にないだろう」

アシュレイも同じ見解に達し、百年の時を超え、今、一つの事実が明らかにされた。

ただ、それは本当に明らかにされてよかったことなのか——。

ユウリが、煙るような漆黒の瞳を翳《かげ》らせる。

その前で、いささか衝撃を受けた様子の遠野が言う。

「ミセス・タッカーが不倫……。なんか、ショックだ。でも、そうか、ミセス・タッカーの名前は『ビアトリス』だったはずだから、その秘密のメッセージは、間違いなく彼女宛《あ》てのものですね」

「ビアトリスで、トリーか。辻褄《つじつま》は合う」

納得するシモンの前で、「あ、でもそうなると」と、遠野が指を振りながら推測した。

「二人は、残念ながら、日本での逢瀬《おうせ》を果たせなかったかもしれません」

「果たせなかった？」

繰り返したアシュレイが、問う。

「なぜ、そう思う？」

それに対し、シモンが「ああ」と合点がいったように答えた。

「そういえば、アルバート・オーエンは、日本に来てすぐ、関東大震災で亡くなったんでしたっけ？」

「そうです」

認めた遠野に、ユウリが離れたところから声をかけた。

「……あの、すみません」

そこで全員の視線がユウリに向き、その時になって気づいたらしいシモンが「ああ、そうだ、そうだ」と遅ればせながらユウリを遠野に紹介する。

「遠野さん、彼は僕の友人でユウリ・フォーダムといいます。これまで京都にいたんですが、戻ってきたので、残りの期間、ここで一緒に住むことになります」

「あ、そうですか」

応じた遠野が、ユウリに挨拶する。

「どうも、フォーダム様。今さらですが、遠野です。——それで、なにか訊きたいことでも？」

「ああ、はい」

うなずいたユウリが、続ける。

「そのクリスマスカードを、ミセス・タッカー……でしたっけ？」

「そうですね」

「そのミセス・タッカーが受け取った時、この家って、この状態でしたか?」

「あ、いや」

建物に関する歴史に詳しい遠野が、すぐさま否定する。

「言われてみれば、違いますね。この家が建てられたのは関東大震災のあとです。——それまで、タッカー夫妻は、ここから少し離れた」

そこで言葉を切った遠野が、「ああ、ほら」と楽しそうに言う。

「最近、テレビでちょっと有名になった幽霊の映像があるの、わかりますか?」

「あ、もしかして」

ユウリが、ハッとしたように内容を確認した。

「あの、白い影のようなものが映り込んでいる映像ですか?」

「それです」

人さし指をあげて認めた遠野が、「その映像が」と続ける。

「撮影された防犯カメラのある家の住所に、当時、タッカー夫妻は住んでいました。つまり、関東大震災を境に引っ越したことになります」

「引っ越した——」

その言葉ですべてを理解したように呟いたユウリが、顎に拳固《げんこ》にした手をあてながら続けた。

「そうか、引っ越したのか。……だから、あっちは迷子になっているんだ」

そんなユウリを底光りする青灰色の瞳で見つめ、アシュレイが声を低めて尋ねる。

「いったい、なんの話だ、ユウリ？」

「いや、えっと」

解答へのインスピレーションを得つつ、まだしっかり全体像を把握しきれていなかったユウリが、今の段階で自分にわかる範囲で答えた。

「わかりませんが、強いて言うなら、もともと錯綜していたからこそ、時を超えても錯綜しそうになったんだ……という話です」

6

その夜。

横浜の洋館に、四人の男が集まった。

明かりを落とした部屋の中、ソファーに座るシモンと遠野。

窓際の壁に寄りかかって立つアシュレイ。

少し離れた長テーブルでは、ユウリがポツンと一人、この部屋の唯一の明かりである蠟《ろう》燭《そく》を前に、じっとなにかの訪れを待っている。


こうなる前の夕刻。

警察の事情聴取や警備会社とのやり取り、さらにそれぞれの用事をすませる必要のあった彼らが、ようやくふたたび洋館で一堂に会せた時には、もう夏の太陽はほとんど沈みかけていた。

そんな中、遠野がピザのデリバリーを頼んでくれたので、簡単な夕食をとりながら彼らは今回の件を話し合うことにした。その際、シモンもアシュレイも、できれば遠野を外したかったのだが、クリスマスカードの所有者である彼を除いて進む話ではないため、しかたなくそうなった。お金にあまり執着がないらしい彼は、いくら積まれようと、自分が納得しない限り、このクリスマスカードは渡せないと主張したからだ。

一人、ユウリだけは、他に気がいっていたようで、彼の存在に頓着《とんちゃく》する様子がまったくなかった。

そのユウリが「どうやら」と説明する。

「このクリスマスカードには、……まあ、アシュレイの先ほどの情報を信じた上での話ですが……、三人の死者の思いがまとわりついていることになります」

「三人の死者……」

それは、シモンとアシュレイには馴染みのある会話でも、遠野には新鮮なのだろう。眼鏡の奥の目を輝かせてユウリを眺めている。

そんな彼らが囲んでいる長テーブルの上にはピザの箱がいくつか置いてあるが、半分ほど減ったところで、みんなの手は止まっていた。食べることより話すことに夢中になっているせいだ。

シモンが、応じる。

「一人はミセス・タッカーで、もう一人は彼女の秘密の恋人であったアルバート・オーエン、残る一人はアシュレイの言っていたオーエン家の先祖だね。――グリーティングカードのコレクターで、もともと、このクリスマスカードの所有者だったアルバートの祖父」

「そう」

うなずいたユウリが、「もっとも」と付け足した。

「アルバート・オーエンは、このクリスマスカードにこだわっているというより、ここに書かれた約束事に縛られているだけという気がしなくもない」

「へえ」

意外そうに受けたシモンが、確認する。

「『君に会いに行く』という、その約束？」

「うん」

この近所で起きた、幽霊騒動。

防犯カメラの映像に残された白い影の正体は、アルバート・オーエンだった。

およそ百年前、彼は、以前から不倫関係にあったらしいミセス・タッカーに会うために日本にやってきたのだが、その約束は果たせずに終わる。彼女のもとへ行く途中、彼は関東大震災に遭遇し命を落としているからだ。

だが、彼の魂は自分が死んだことを認識せず、以来、この地を彷徨い続けていた。

いわゆる、地縛霊《じばくれい》になっていたのだ。

そこでユウリは、先ほど、この件を担当している理生に連絡し、あることを頼んでおいた。それがうまく作用すれば、アルバート・オーエンの魂を長年の呪縛《じゅばく》から解放してあげられるだろう。

シモンが、尋ねる。

「それなら、ミセス・タッカーは、なぜこのクリスマスカードを捜していたんだろう？」

遠野が横から推測する。

「大事な思い出の品だからではないですか？」

だが、それに対し、ユウリが残念そうに告げた。

「いえ、そうではなく、どうやら彼女は後悔していたみたいなんです」

「後悔？」

意外だった遠野が、シモンと顔を見合わせてから訊き返す。

「彼女は、日本に来るとまで言ってくれたオーエンを、愛してはいなかった？」

「違います。クリスマスカードをもらった時点では、喜んでいました。秘密の恋愛という疾しさも含めて、楽しんでいたようなんです」

シモンが訊く。

「それなら、なぜ？」

今になって、後悔してるのか。もちろん、「今」というのが今現在なのか、彼女が亡くなる直前だったのかはわからないが、どちらにしても、最終的に心変わりしたのだ。

「明確な理由があってというよりは、時を経て、変わっていったみたいなんだ」

ユウリが言い、煙るような漆黒の瞳を翳らせる。

「そのあたり、本人の記憶も曖昧《あいまい》で、はっきりとは伝わってこなかったんだけど、彼女は夫との晩年を幸せに過ごしたみたいで、幸せであればあるほど、若き日の過ちを人に知られたくないと思うようになっていった。それで、アルバート・オーエンとの秘事を示すようなものは、ある時点ですべて処分したようなんだけど」

「なるほど」

遠野が納得して言う。

「ただ、このクリスマスカードだけは、なにかの拍子に食器棚の後ろに落ちてしまったため、彼女が気づかないまま、秘事の証拠となるものがこうして後世まで残ってしまったということですね」

シモンが「だから」とあとを続けた。

「必死に捜して、見つけたあとは――」

ユウリが厳かに言った。

「人の目に触れないうちに処分されることを願っている」

「処分……」

呟いた遠野が、「それは」と確認する。

「具体的には、どういう？」

おそらく、薄々その答えに気づいているのだろう。だから、苦いものでも口に入れたような顔になっている。

ほぼ初対面の遠野を相手に、ユウリが言いにくそうに告げた。

「ご想像どおりだと思いますが、彼女の前で燃やしてしまうのが一番です」

「――やっぱり、そうなりますよね」

頭を抱えた遠野の気持ちも、わからなくはない。

彼はこの家を愛し、この家のたどってきた歴史を重んじている。

そして、このクリスマスカードは、そんなこの家の歴史を物語る重要なアイテムの一つだからだ。

心中を察して戸惑うユウリとシモンに対し、一人、どうでもよさそうな顔をしたアシュレイが、「別に」と言った。

「それほど悲愴感《ひそうかん》を漂わせることでもないだろう。さっき、あんた自身が言っていたように、そのクリスマスカードを彼女が受け取ったのは、この家ではなく、他の家なんだ。言い換えれば、彼女にとって、そのクリスマスカードの思い出はこの家にはなく、だからこそ、食器棚の向こうに落ちても気づかずにいたんだ」

「――なるほど」

顔をあげた遠野が、「一理ある」と呟く。あるいは、そうやって自分自身に言い聞かせているのかもしれない。

そんな彼を尻目《しりめ》に、アシュレイが続けた。

「だが、それだと、別の問題が残る」

「わかっています」

ユウリが答えた。

「このクリスマスカードにまつわる、三人目の幽霊ですね。このクリスマスカードの、本来の持ち主だという」

「そのとおり」

「でも、それについて、僕は直《じか》に接触したわけではなく、あくまでも、アシュレイの口を通してミスター・シンから頼まれた件だから、正直、この時点ではなんとも言いにくいんですけど、話を聞く限り、その人は、クリスマスカードにまつわる思い出などに縛られているというよりは、コレクションそのものに未練があるみたいだから、たぶん実物を回収しなくても、一種のお焚《た》きあげみたいにするのもありではないかと――」

「――お焚きあげ！」

日本の宗教儀式にも通じているアシュレイが、その意味を確認するまでもなくおもしろそうに応じて、「だったら」と皮肉げに付け足した。

「一石三鳥を狙《ねら》って、残った灰をそいつの墓にでもかけてやるか」

どうやら、案外本気のようで、アシュレイは、それ以上、ユウリのやることに文句をつけようとはしなかった。それは、とどのつまり、灰を回収しにわざわざ日本まで来たことになるわけだが、酔狂な男にとっては、それも一興となるのだろう。

するとそこで、アシュレイから言われたことをずっと吟味していたらしい遠野が、ユウリに対して訊いた。

「あの、ちょっと確認したいんですけど、貴方は、さっき、『彼女の前で燃やしてしまうのが一番』だと言っていましたよね？」

「ああ、はい」

「でも、ミセス・タッカーはとっくに亡くなっています。――つまり、ここに彼女の霊を呼び寄せるってことですか？」

「というか、彼女はすでにここにいるので、呼び寄せるもなにもないです」

きっぱり言い切ったユウリを、遠野が不思議そうに見る。

「ここにいる？」

「そうですね」

「――って、最初からずっと思っていましたが、フォーダム様は、その手のものが視《み》える人なんですか？」

それに対し、シモンが「遠野さん」と警告めいた声を発した。

「申し訳ありませんが、こちらにもプライバシーというものが」

だが、それを遮って、ユウリが主張する。

「いいんだ、シモン。――ああして、理生が頑張っているのに、僕だけ、いつまでもシモンやアシュレイの陰に隠れてばかりもいられない」

それから、遠野に向かって「はい」と答えた。

「いちおう、多少はその手のものが視えます。――ただ、それを商売にしているかと問われると、かなり微妙なんですけど」

「そうなんですね」

遠野は感心したように言い、「それなら」と意を決して告げた。

「このクリスマスカードの処分を、貴方に一任してもいいですよ」

「本当ですか？」

「ええ」

うなずいた遠野が、「ただし、一つ条件があって」と付け加えた。

「確認の意味も込めて、僕もその場に同席させてください。しゃべるなと言われたらいっさいしゃべらないし、他にも、注意事項は守りますから」

とたん、アシュレイが不満そうに舌打ちする。彼は明らかにこの提案を却下したそうであったが、今のところ、他に手立てがないのもわかっているのだ。

それはシモンも同じで、若干不服そうなシモンと顔を見合わせたあとで、ユウリは了承した。事を穏便に済ませるには、それしかない。

「いいですよ。たぶん、拍子抜けするほどなに事もなく、ただクリスマスカードが燃やされるのを見るだけだとは思いますが、これが詐欺ではないことを証明するためにも、同席してください」

ユウリが建て前を退けて、提案の裏にある本音の部分に触れたため、遠野が少し慌てた様子で「ああ、えっと」と弁解した。

「正直、それほど皆さんのことを疑っているわけではないんですけどね。むしろ、単なる好奇心です」

「でしょうね」

遠野とはここしばらくかなり密に接してきたシモンが納得し、結局、珍しく第三者を交えての交霊会と相成った。

アシュレイが遠野と距離を取っているのは、そのあたりの不満の表れだ。

暗がりの中、アシュレイが言う。

「本当に、アルバート・オーエンは現れるのか？」

「はい、たぶん」

揺らめく炎を見つめながら、ユウリが答えた。

「理生には、アルバート・オーエンが目指している例の家の前で待機してもらい、彼が現れたら、こっちの住所を記した紙を渡してもらうことになっていますから」

それに対し、シモンが「だけど」と心配そうに尋ねる。

「そんなことをしていて、また補導されたらどうするんだい？」

「それは、大丈夫だと思う」

ユウリが答え、理由を説明する。

「というのも、幸徳井《かでい》はそうなんだけど、夜に隠密《おんみつ》行動を取る時に、術者は人の目に触れにくくなる護符を身体《からだ》に施すのが基本だから」

理生はそれを知らず、この前は失敗した。

だから、今回、馨に頼んで、その手の護符を理生の身体に施してもらっている。

「ふうん」

興味深そうに受けたシモンが、ソファーのところから闇を透かしてユウリに視線をやり、「でも」と尋ねた。

「ユウリは、あまりそういうのをやったことがないだろう？」

「そうだね。僕は、正確には術者じゃないから。修行だって、ほとんどしてないし」

実は、それこそが、幸徳井も桃里も警戒する、ユウリの底の知れない部分なのだ。

ユウリの力の源を知る者は、この世界には一人もいない。おそらく、ユウリ自身もわかっていないはずだ。

室内に、沈黙が落ちた。

耳を塞《ふさ》ぐような重い沈黙である。

それに耐えきれなくなった遠野が、わずかに身じろぎをした時だ。

カタン、と。

家の外で、なにかが鳴った。

ついで、キイッと門の開く音が聞こえる。

夏の宵。

窓は開け放たれ網戸にしてあるのだが、そこから生ぬるい風が吹き込んだ。

蠟燭の炎が大きく揺れ、不気味な影をあたりに作り出す。その瞬間、たとえ一人分の影が増えていたとしても、揺れ動く影にまぎれて誰にもわからなかっただろう。

遠野がとっさに「なんだ?」と呟く。

それを、近くにいたシモンが唇に指をあてて「静かに」と制した。

やがて、なにかが家の中に入ってくる。

それは、揺れ動く白い影となって、彼らのそばを通り過ぎる。

ピシ。

ピシッと。

家鳴りがした。

同時に。

——トリー。愛しのトリー

ある瞬間、あたりに響いた雑音の中に、ユウリだけは、たしかにそんな呼びかけを聞き取っていた。

ただそれに応《こた》える声はない。

心変わりした女性の魂に、この声が届くことはないだろう。

——トリー。約束どおり、僕は来たよ

空《むな》しく響く男の声。

それに合わせ、蠟燭の炎の揺れがさらに激しくなる。

とっさに両腕で炎を守ったユウリが、四大精霊を呼び出した。

「火の精霊《サラマンドラ》、水の精霊《ウンディーネ》、風の精霊《シルフィード》、土の精霊《コボルト》。四元の大いなる力をもって、我を守り、願いを聞き入れ給《たま》え」

するると、その声に応じて四方から漂ってきた白い光が、ユウリがいる長テーブルのまわりをグルグルとまわり始める。

それを眺めながら、ユウリが請願を口にする。

「古き約束に縛られ彷徨い続ける魂を、燃え上がる炎の力をもって解き放て。秘められた想《おも》いは秘められたまま、炎の力で浄化せよ。会うことが叶わずに終わった男女の魂に永遠の安らぎを与え給え。また、失われしものの再来を待ち望む魂にも、安らぎが与えられんことを。このクリスマスカードを巡る三つ巴《どもえ》の魂に、平安が訪れますよう──」

請願の成就を神に祈る。

「アダ　ギボル　レオラム　アドナイ」

とたん、テーブルをまわっていた白い光がユウリが手にするクリスマスカードの中へと溶け込み、そのタイミングで、パッとまばゆい光を放った。

そのタイミングでユウリがクリスマスカードを炎に近づけると、それは勢いよく燃え上がり、一瞬で灰となる。

尋常でない速さだ。

とっさに手を離したユウリの前で、灰がさらさらとテーブルの上に落ちていく。

やがて静まり返った部屋の中、ユウリが厳《おごそ》かに宣言した。

「終わりました――」

これでもう、この家にミセス・タッカーの幽霊が現れることはなく、また近所の幽霊騒動も立ち消えになっていくだろう。

あとは、アシュレイがこの灰をどうするか――。

そう思っていたユウリは、やはり甘い。

ユウリの宣言を聞くなり身を翻したアシュレイは、去り際に一言。

「灰の回収を忘れるな」

言い残していった。

見えなくなった相手に、ユウリが小さく答える。

「了解です」

すると、ソファーでじっとしていた遠野が、少し拍子抜けした様子で訊いた。

「――え、これで終わりですか？」

実のところ、彼の目には四大精霊の様子などはほとんど映らず、ただ、最後にユウリの前でパッと炎が通常より大きく立ちあがったように見えただけだった。それが彼の霊感の限界であり、現実であった。

ちなみに、シモンやアシュレイも最初の頃はそうであったが、この手のことを繰り返し体験するうちに感度が合ってきたのか、近頃は、彼らの目にもかなり極彩色な景色が映し出されるようになった。

たとえば、今の場面をカメラなどを通して見ると、たくさんのオーブや白い光の渦が映し出されるのだろうが、それくらいのものは、ユウリがいる時に限り、二人の目にも見えるようになっている。そしてそんな時、その中心にいるユウリの神々しいほどの輝きが、見る者の目を圧倒した。

彼方に輝く聖域のような、心惹《ひ》かれる美しさである。

見ていて飽きない。それどころか、焦がれるほどの美しさだ。

そういう意味では、彼らの場合、その手のものと感度が合ってきたのではなく、ユウリの持つ世界との感度が合ってきたのかもしれなかった。

立ちあがったシモンが「ええ」とうなずいて、電気を点《つ》けに行く。

「これで終わりです」

間接照明に照らし出された部屋の中、ユウリがテーブルの上に散らばった灰を丁寧にかき集める。

もう誰もなにも言わない。

ただ、祭りのあとのような清々《すがすが》しさと倦怠感《けんたいかん》が漂う室内に、夏の夜の風が静かに吹き込み、彼らの郷愁を誘った。

終章

二日後。

帰国を前に横浜《よこはま》の洋館で朝食を取っていたシモンとユウリは、朝一番で挨拶《あいさつ》に来てくれた遠野《とおの》について語り合っていた。

「なんだかんだ、太っ腹だよね、遠野さんって」

というのも、結局、例のクリスマスカードについて、シモンが、こちらで買い取ったことにしましょうともちかけたが、彼はあっさり断った。

ユウリに一任することと引き換えに、ああしてあの場に立ち会わせてもらったからには、男に二言はないそうだ。

ユウリの言葉に、シモンがうなずく。

「たしかに、あまり損得勘定では動かない人かもしれない」

もちろん、社長である限りビジネスでは別だろうが、なかなか気持ちのよい人物であった。それもあって、シモンは正式に、この洋館を三年契約で借りることにしたのだ。

それを聞いたユウリが、「でも」と心配する。

「シモンが日本に来ることって、あまりなくない？」

「そうだけど、企業名義で借りることにしたから、ベルジュ・グループの社員が保養施設として利用もできるし、まあ、せっかくだからできるだけ活用させてもらうよ」

鷹揚《おうよう》に言ったシモンが、「もちろん」とユウリに勧める。

「君も、いつでも好きな時に使っていいから」

「……いや、それは」

社員でもないユウリは、やはり遠慮が先に立つ。そこで、話題を変えるように告げる。

「それより、イギリスに戻ったら、お礼状と一緒に遠野さんになにか送ろうかな」

「ああ、いいと思うけど」

ユウリの言葉を肯定したシモンが、「ただ」と付け足した。

「僕のほうでも、ロワールにある真葛焼《まくずやき》を一つ贈ろうと思っているんだよ」

「真葛焼？」

ユウリが記憶をたどるように繰り返し、「たしか」と言った。

「明治時代の陶芸作品で、高浮彫《たかうきぼり》とかがすごかった気が……」

「そのとおりで、いわゆる明治の超絶技巧の一つにあげられる焼き物なんだ。横浜に有名な窯があって、当時、来日した外国人はまずその窯に行ったというくらい人気があったそうだ。ただ残念ながら、主に海外向けに作られていたから、日本での認知度は低く、遠野さんはそれを嘆いて、私財を投じてまで買い戻しているんだ。だから、今回のお礼にね」

「へえ」

顔をほころばせたユウリが、「それはなんか」と言った。

「『わらしべ長者』みたいでいいね」

「『わらしべ長者』？」

日本文化の知識を検索するように右上を見て考え込んだシモンに、ユウリが説明する。

「昔話の一つで、ものを交換するたびに良いものになっていく人の話だけど、なんか、あの人にピッタリな気がする」

「ああ、たしかに」

今回も、使用済みのクリスマスカードがこれから真葛焼に取って替わるわけで、遠野にとって、どちらにより価値があるかはわからないが、ユウリの言いたいことは理解できたシモンが、腕時計を見おろして告げる。

「ユウリ。そろそろ出ようか。あまりゆっくりしていると、バーロウへのお土産《みやげ》を選んでいる時間がなくなる」

「そうだね」

そこで二人は手早く支度をすませると、花咲く横浜の洋館をあとにした。

ロワールの羊は二乗の夢を見る

1

フランス北西部。

ロワール河流域に建つベルジュ家の広大な城では、双子の姉妹であるマリエンヌとシャルロットが、両手に羊のぬいぐるみを抱えながら長兄シモンの帰りを今か今かと待ちわびていた。

金髪碧眼《へきがん》で、女性としての色気も漂い始めた思春期の美少女たちである。

「……まだかしらね?」

「ええ、まだかしら?」

「どこかで、溝にでもはまってなければいいけど」

「そうね。心配」

言いながら一人が右から左へ、そわそわ、うろうろ。

片や、足下に落ちている羊のぬいぐるみを蹴飛《けと》ばしながら、左から右へ、そわそわ、うろうろ。

もっとも、彼女たちが待ちわびているのは、長兄その人のことではない。

もちろん、夏休み中、数週間の日程で日本に遊びに行っていた長兄と会えるのも待ち遠しかったが、彼女たちが心から楽しみにしているのは、シモンが日本から同行してくるはずのユウリ・フォーダムとの再会である。

シモンの親友であるユウリは、性格に品があって懐が深い。なにせ、彼女たちからすると我《わ》が儘《まま》で身勝手でしかない長兄の、どんな無茶な要求にもいやな顔一つせずに付き合っている。

そんなユウリなら、日頃、誰からも相手にされない彼女たちの遊びにだって、きっと快く付き合ってくれるはずだ。

「ユウリは優しいから」

「そうね。お兄様と違って、寛大なのよ」

「早く来ないかしら」

「本当に」

「私たち、ユウリと遊びたいのに」

「あ、もしかして、それを察して、お兄様ったら、どこかにユウリを隠しているんじゃないかしら……」

と──。

そこへ次兄のアンリが顔を出し、念願の知らせをもたらした。

「兄さんたち、着いたみたいだよ」

とたん、先を争うように、二人は玄関広間までダッシュする。

「きゃ～、ユウリ！」

「いらっしゃい、ユウリ！」

いつもならそこで飛びついて抱擁をかわすのだが、あいにく、今の二人にはそうできない事情があった。というのも、彼女たちの手にはそれぞれ羊のぬいぐるみがあり、それが邪魔で抱きつこうにも抱きつけずにいたからだ。

その上、そうした彼女たちの背後には、ぽつぽつと羊のぬいぐるみが転がっている。

正直、異様だ。

「やあ、マリエンヌ、シャルロット。久しぶりだね。――それで、えっと」

挨拶《あいさつ》を返したユウリのほうでもこの状況に戸惑いを覚え、ためらいがちに尋ねる。

「このぬいぐるみたちは？」

黒絹のような髪に煙《けぶ》るような漆黒の瞳《ひとみ》。

東洋的な顔立ちは、飛び抜けて整っているというわけではないが、誰からも愛されてしまうような感じのよさがあった。その上、どこか浮き世離れした雰囲気が漂い、その存在の儚《はかな》さがそばにいる者を惹《ひ》きつけてやまない。

「ああ、これね。――いいの、気にしないで」

手にしたぬいぐるみをポイッと放り捨てたマリエンヌに続き、シャルロットも放り捨てて追随する。

「そう、気にしないで。転がっているだけだから」

「……ああ、転がっているだけね。ふうん、そう。わかった」

　ひとまず違和感を呑《の》み込んだユウリとは対照的に、納得のいかなかったらしいシモンが
「バカな」と呆《あき》れたように文句を言う。

「これが『気にしないで』とか『転がっているだけ』とか、そんな悠長なことを言ってい
られる状況かい？」

　さらに。

「お前もだよ、アンリ」

　遅れてこの場に来た異母弟のアンリに対しても、苦言を呈する。

「お前がついていていながら、このひどい有り様はなんだい？」

「ああ、うん、そうだね、悪い」

　金髪碧眼の家族の中で、ただ一人黒褐色の髪と瞳をしているアンリは、どこか野性味を
感じさせる表情で苦笑し、「ちょっと」と続けた。

「いろいろあって」

「いろいろ？」

「そう、いろいろ」

そこで言葉を濁したアンリが、「ということで」とユウリに向かって挨拶する。

「こんな状態だけど、ユウリ、久しぶり。元気そう」

「アンリもね」

「兄さんも、お帰り。――日本は、どうだった？」

「……ああ、まあ、それこそいろいろあったけど、総じて楽しかったよ」

「へえ」

興味をそそられた様子のアンリだったが、詳細を尋ねる前に、「それで、マリエンヌ、シャルロット」とシモンが改めて双子の妹たちに向かって尋ねたため、その話はそこで終了した。

野性味のある異母弟のアンリと違い、あくまでも高貴さの権化のような佇《たたず》まいのシモンは、白く輝く金の髪と澄んだ水色の瞳を持ち、その寸分の狂いもなく整った美貌《びぼう》は降臨した大天使を思わせる。

「話を戻すと、大事なお客様が来るとわかっていて、城の中がこんな状況になっているのはどうしてなんだい？」

「えっと、それは」

「ええっと」

考え込みながら互いの顔を見たマリエンヌとシャルロットが、ややあって「実は」と告白する。

「私たちにも、よくわからないの」

「そう。わからないの」

「ただ、気づいたら、羊が増えていて……」

「増えていた？」

眉《まゆ》をひそめて確認したシモンに、マリエンヌが「ええ、そう」とうなずいて続ける。

「一昨日《おととい》は、たしかに一匹ずつだったのに」

「昨日は、四匹になっていて」

「今日、廊下を歩いていたら、また増えて」

「結局、こんな数になってしまったわけだけど」

「こんな数になってしまったって……」

呆れた様子のシモンが、いたって現実的な質問をする。

「それでは説明になっていない。そもそも、なぜ、そんなことが起きるんだい？」

羊だろうがなんだろうが、常識的に考えて、ぬいぐるみは勝手に増えない。増えたとしたら、誰かが増やしているだけである。

シモンの問いかけに対し、マリエンヌとシャルロットは同じような表情で見事に同時に首を傾《かし》げた。それを間近で見ていたユウリは、まるで鏡を見ているようだと、密《ひそ》かに感嘆する。

「さあ、なぜかしらねえ」

「ホント、なぜかしら?」

首を傾げるだけでいっこうに考える素振りのない二人に代わり、アンリが「まあ」と私見を述べた。

「間違いなく、誰かの悪戯《いたずら》だろうね。——なにせ、今、この城にはベルジュ家の親類縁者が子連れで来ているから、きっとその中の誰かだと思う」

「誰かって、見当くらいはついているんだろうね?」

「それはまだ」

「だったら、解明を急ぐことだよ。——なにせ、一昨日が二匹で昨日が四匹だったのに対し、今日が、十四、五? わからないけど、放っておいたら数日もしないうちにこの城は羊のぬいぐるみで埋もれてしまう」

「たしかに」

軽く肩をすくめて応じたアンリが兄を不審そうに見返して、「だけど」と言う。

「今の言いようは、少々他人行儀な気がするな。この城の中で起こっている怪現象なんだから、兄さんだって無関係ではいられないと思うよ」

「うんまあ、通常ならそうだけど」

認めたシモンが、「ただ」と付け足した。

「僕とユウリは、明日にでもベルギーの別荘に移ろうと思っているから」

「そうなんだ？」

「え、そうなの？」

「そうなの？」

驚く三人の前で、名前のあがったユウリも意外そうにシモンの顔を見あげる。実を言うと、その話はユウリも初耳だったのだ。おそらく、現状を鑑《かんが》みて、シモンが勝手にくだした判断なのだろう。

ただ、シモンのやることに基本的に口を出さないユウリは、その場ではひとまず黙っていた。

当然、マリエンヌとシャルロットが抗議の声をあげる。

「ずるい！　お兄様」

「そうよ。今までずっと一緒だったくせに、またまたユウリを独占するなんて！」

「そうよそうよ。私たち、ユウリと遊ぼうと思っていたのに」

「そのために、張り切って庭中《にわじゅう》に宝物を埋めたんだから！」

それを聞いたユウリが、小さく笑った。

どうやら、ベルジュ家の愛くるしい双子が、みずから宝物を埋めてまわり、それを誰かに見つけさせる「宝探し」ごっこは、いまだ健在らしい。

シモンが、澄んだ水色の瞳で妹たちを冷ややかに見やり、「だからだよ」と応じる。

「ここに来る前、秘書のモーリスから、お前たちが懲りもせずに庭を掘り返していると聞いたから、急遽《きゅうきょ》、ベルギーの別荘に行くことに決めたんだ。せっかくののんびりできる休みなのに、ユウリをそんなつまらないことに付き合わせるわけにはいかないからね」

それに対し、ユウリが煙るような漆黒の瞳を迷うように動かす。ユウリ自身は、マリエンヌとシャルロットの遊びに付き合うのは構わないのだが、そうなると、シモンまでそれに付き合わされることになるため、なんとも言いようがなかったのだ。

そうこうするうちにも、ユウリの肩を押すようにして歩き出したシモンが、長兄の威厳をもって宣言した。

「ということで、お前たちも増殖する羊のぬいぐるみの謎《なぞ》が解けたら、ベルギーに来るといい」

「謎が解けたらって……」

「それまでは、ユウリとは遊べないってこと？」

「そう」

「ひどい」

「ひどくないさ。——まあ、頑張るんだね」

言い置いて、歩き去る。

取りつく島がないとは、まさにこのことであった。

長兄とその友人を見送ったマリエンヌとシャルロットが、羊のぬいぐるみが散らばる玄関広間で地団駄を踏んで悔しがる。

「ホント、ずるいわ、お兄様！」

「横暴」

「断固、文句を言うから」

「ええ、言うから」

そのそばでは、散らばる羊のぬいぐるみを見おろしたアンリが、一人小さく溜め息をついていた。

それぞれの思いはありつつ楽しい晩餐会《ばんさんかい》を終えた、その夜。

あてがわれた城の一室で寝ていたユウリは、不思議な夢を見た。

それは、こんな夢だ。

2

月明かりの下に、見慣れたロワールの城がある。

うっすらと色づく青いとんがり屋根。

背後に見える城の庭は、小さな森を擁し、別の地所との境界線がわからないほど広大無辺だ。ユウリはまだ直接見たことはなかったが、シモンが言うには、間を国道が通っているらしい。

そんな広々とした庭に立ち、ユウリは、なぜか羊を数えている。

羊が一匹。

羊が二匹。

羊が三匹。

羊が四匹……。

こんなふうに羊を数えあげるという行為は、本来入眠をうながすためのものであるはずだが、ぐっすり眠り込んでもまだ、ユウリは羊を数えていた。

羊が九十四匹。

羊が九十五匹。

その数は膨大で、あとからあとから湧《わ》いて出るようにやってくる。——いや。どうやら本当に湧いて出ているらしい。隙《すき》をついてユウリが視線を動かした先では、地面から羊がニュッと顔を出し、それが新たな羊として、数を数えるユウリのところにやってくる。

百、千、万、億、兆……、京。

気づけば、増え過ぎた羊に埋もれ、ユウリはもとより優美なロワールの城までもが、青いとんがり屋根以外すっかり見えなくなってしまっていた。

（……うわ、大変だ!!）

焦ったところで、目が覚めた。

起きあがったユウリは、急いでベッドを出て窓辺に寄る。

もし、今しがた夢で見たように、そこら中が羊か羊のぬいぐるみで埋もれていたらどうしようかととても心配したが、窓から見える景色はふだんと変わらず、ロワールの自然豊かな庭が広がっているだけだった。

あたりはまだ薄暗く、すべてが黎明《れいめい》の青さの中に沈んでいる。

（よかった。増えてない……）

ホッとしたユウリは、悩んだ末、もう一度ベッドに入った。陽《ひ》だまりで丸くなる猫のようなぬくぬくした幸福感――。

そして、今度は羊に邪魔されることなく、朝までぐっすり眠った。


その後、健やかに目覚めたユウリだったが、身支度を整えて朝食の用意された部屋へ入っていくと、ある問題が発生していた。

「……さすがに、悪戯にしては手が込み過ぎているな」

そんな話をしている友人の高雅な後ろ姿に向かい、ユウリが、「シモン」と声をかける。

振り向いたシモンは組んでいた腕を解き、まずはユウリを引き寄せながら朝の挨拶をする。

「やあ、おはよう、ユウリ」

「おはよう、シモン」

「よく眠れた？」

「……うん、まあ、眠れたような、眠れなかったような」

曖昧《あいまい》に応じたユウリが、「でも、そんなことより」と気になっていたことを尋ねる。

「なにかあったの？」

「ああ、そうだね」

苦笑気味に応じたシモンが、「それこそ」と言う。

「あったというかなんというか、実際のところ、こういう状態なんだけど――」

言いながらシモンが身体《からだ》を横にずらすと、そこには、天井まで届きそうなほどてんこ盛りとなった羊のぬいぐるみがあった。

目を丸くしたユウリが、訊《き》く。

「うわ。どうしたの、これ？」

「さあ？」

片手を翻して応じたシモンが、説明する。

「わからない。僕も来てみたら、この状態だったんだ」

「ということは、夜のうちにこうなった？」

「そうだね」

「なるほど。ということは、やっぱり増えていたのか……」

呟《つぶや》きながら、ユウリが煙るような漆黒の瞳を翳《かげ》らせる。こうなると、いやがおうでも今朝見た夢のことが思い起こされてしまう。今はまだ、この城が埋もれてしまうほどではないにせよ、それも時間の問題かもしれなかった。

と――。

羊のぬいぐるみの山の向こうから、アンリの声がする。

「やっぱり、二百五十六匹だ」

それに、マリエンヌとシャルロットの声が続く。

「二百四十じゃない？」

「二百六十よ」

どうやら、みんなで数えているらしい。

「いや。間違いなく二百五十六だよ」

「わかった。――ありがとう、アンリ」

異母弟の結果を採用したシモンが、前髪を梳《す》き上げながら苦々しげに言う。

「まずいな。最初が二、次が四、昨日が仮に十六だったとして、このままいくと、明日は六万五千五百三十六匹、明後日《あさって》には、四十二億九千四百九十六万七千二百九十六匹のぬいぐるみが、この城を占拠するわけだ」

「――え、そんなに？」

驚いたユウリが、慌てて言う。

「シモン。やっぱりベルギーに行くのは……」

「そうだね。さすがに、こんなものを見てしまったからには、僕も知らん顔をしていられない」

「よかった」

ホッとするユウリの横で、シモンが「だけど」と考え込む。

「本当に、いったい誰がこんな手の込んだことを……」

それに対し、迷うように漆黒の瞳を伏せて考え込んだユウリが、ややあっておずおずと申し出る。

「シモン。僕、ちょっと思い当たる節があるんだけど」

「え、本当に？」

驚くシモンに、「うん」とうなずいたユウリがさらに言う。

「ちょっと、一緒に来てくれない？」

「いいけど」

「あ、できれば、スコップを持って」

「――スコップ？」

意外な注文に戸惑うシモンとは裏腹に、羊のぬいぐるみの山の向こうから、双子の嬉々《きき》とした声が聞こえる。

「もしかして、ユウリ、宝探しをするの⁉」

「それなら、私たちも――」

だが、指先一つで妹たちを止めたシモンが、「とりあえず、行こうか」とユウリをともなって部屋を出ていく。

しばらくして、庭仕事専用の広い倉庫からスコップを取り出したシモンが、一つをユウリに渡しながら訊く。

「それで、ユウリ。スコップなんて持って、いったいなにをしようというんだい?」

「それが、僕にも確信があるわけではないんだけど、今朝方、変な夢を見て……」

それから、ユウリは夢の内容をシモンに話して聞かせた。

3

「本当に、ここだった？」

シモンの確認に対し、城のほうを振り返ったユウリがうなずく。

「うん。建物の見え方からして、ここらへんで間違いないかな」

そこで地面を見おろしたシモンが、確信を込めて言う。

「言われてみれば、そこに、最近掘り返した跡がある。――もしかして、双子が、ここになにか埋めたのかもしれないな」

そこで、二人は、手にしたスコップで地面の土を掘り始めた。

ザ。

ザ。

砂利の混じった土を掘り起こすたび、音がする。

ザ。

ザ。

二人して掘っては脇《わき》に土を落としていると、ややあって掘り起こした土の中に、白っぽい塊が見えた。

「――あ、なにかある」

先に気づいたユウリが、スコップを放り出して土の中に手を突っ込む。

そこには、たしかに土以外のものがあって、拾いあげたユウリは、それに息を吹きかけながら手で泥を払い落としていく。

「骨?」

シモンの質問に、ユウリは首を横に振って答える。

「ううん」

それから、手の中のものを確認して呟く。

「象牙《ぞうげ》の根付だ」

ユウリの手元を覗《のぞ》き込んだシモンも、驚いたように言う。

「本当だ。――しかも、まさかと思うけど、それって」

シモンの意図を察したユウリが、手の中の根付を裏返すと、そこに、今の彼らにはお馴《な》染《じ》みとなっている「時」の刻印が見て取れた。

「ああ、やっぱり」

納得するシモンの横で、ユウリが改めて驚く。

「なんか、びっくりだね。こんなところでまた『時阿弥《ときあみ》』の作品に出逢《であ》うなんて」

「時阿弥」というのは、江戸《えど》時代後期の日本で活躍した彫物師《ほりものし》のことで、二人は、日本に滞在中、彼の制作した干支《えと》の根付を巡る騒動に巻き込まれたばかりなのだ。象牙という材質に『時阿弥』の超絶技法が重なり、これらの根付に少々おかしな力が備わってしまっていたのが原因だった。

この城で羊のぬいぐるみが増殖したのも、埋められた羊の根付がその存在を誇示するために起こしたことだろう。

シモンが応じる。

「たしかに驚きだけど、まあ、我が家のコレクションには根付もたくさんあるから、そのうちの一つに彼の作品があったんだな。――探せば、もっとあるかもしれない」

さすが、天下のベルジュ家である。

洋の東西を問わず、美術工芸品があふれている。

「まあ、マリエンヌとシャルロットに埋められていなければね」

冗談っぽく応じたユウリが、「でも、そうか」としみじみ言う。

「きっと、このタイミングでこんな騒動が起きたのは、羊の根付が、『僕も仲間に入れて』と主張したせいだね」

日本での騒動の原因となった干支の根付と印籠《いんろう》は、なかば強制的にベルジュ家が所有することになっていた。ゆえに、自分の存在をアピールし、その輪の中に加わろうと試みたのだろう。

「たしかに」

認めたシモンが、「もっとも」と辟易《へきえき》気味に言う。

「双子がこんなところに埋めさえしなければ、自然と仲間に加わっていただろうに。本当に問題ばかり起こしてくれる」

「まあでも、これで、羊のぬいぐるみの驚異的な増殖も止まるだろうから」

「そうだね。――正直、ホッとしたよ」

心の底から応じたシモンが、ユウリをうながして歩き出す。

そんな彼らが向かう城の中では、ちょっと目を離した隙に、忽然《こつぜん》と消え失《き》せ《う》てしまった羊のぬいぐるみのことで、ふたたび大騒ぎになっていた。

一難去って、また一難。

なかなかゆっくりできないシモンとユウリの夏休みであった。

横濱《よこはま》ラプソディ

キース・ダルトンを羽田《はねだ》空港で見送ったその日。

ユウリ・フォーダムとシモン・ド・ベルジュは、昼食を横浜《よこはま》の中華街で取ることにして電車で向かった。

パブリックスクール時代の先輩であるダルトンは、現在、ユウリの父親の研究室で助手のようなことをしていて、今回は、その関係で念願だった来日を果たしたのだ。

そんな彼の自由時間を有意義なものにするために、日本育ちのユウリが観光案内をすることになったのは自然な成り行きであったが、そこにシモンが加わったのは、単に、シモンがそうしたかったからに過ぎない。

そうして、いろいろあった末に、ダルトンは無事帰国した。

さまざまな意味でホッとした二人は、中華街に着くと、裏通りにある小ぎれいな店で点心とエビそば、さらに横浜名物であるサンマーメンを頼み、シェアして食べた。

それらはどれもおいしく、彼らは満足して店を出る。

歩き出したところで、シモンが言った。

「思ったのだけど、ユウリ。ラーメンと中華そばって、なにか違うのかな？」

「……え？」

今まであまり考えたことのなかったユウリが、首を傾《かし》げて答える。

「さあ。……たぶん、同じだと思うけど」

帰国したダルトンもラーメンが気に入ったようで、ここしばらく、彼らはあちこちのラーメン店を訪れていた。ただ、中華系の店で食べたのは今日が初めてで、その呼び名の違いが気になったらしい。

ユウリが、「ああ、でも」と続ける。

「そういえば、『昔ながらの中華そば』のような言われ方をするのは、シンプルな醬油《しょうゆ》ラーメンだったりするから、もしかすると中華そばの進化形がラーメンなのかも」

「本当に？」

「えっと、断言はできない」

その曖昧《あいまい》な言いように、シモンが澄んだ水色の瞳《ひとみ》を疑わしげに細めるが、深く追及する前に、角を曲がったユウリが、出会いがしらに人とぶつかり、転倒するという惨事が起きた。

ドン。

「うわっ！」

「わっ！」

「ユウリ！」

路上に三人三様の悲鳴が交錯し、すぐさま、シモンがユウリを助け起こす。

「大丈夫かい、ユウリ？」

「……うん。なんとか」

ぶつかった相手も、敏捷《びんしょう》な動作で体勢を立て直すと、ユウリのことを心配そうに覗《のぞ》き込んでくる。

「悪い。急いでいて。――ケガは？」

その人物は背広姿の美丈夫で、ユウリの倍はありそうな逞《たくま》しい身体《からだ》つきをしている。

そんな男が全速力で走ってきたのであれば、ぶつかったユウリが吹っ飛んでもおかしくない。

ケガがなくて幸いだった。

「ああ、はい。大丈夫です」

「本当に？」

「ええ」

「なら、よかった」

ホッとした様子の男が、「じゃあ」と手をあげて別れを告げる。

「俺はこれで」

言うなり、またぞろ走り出す。

見送ったシモンが、呟《つぶや》いた。

「……懲りない男だな」

「そうだね」

服についた汚れを払い落としながら認めたユウリが、「まあ、きっと」と相手を庇《かば》う。

「よっぽど急ぎの用があるんじゃないかな」

「それにしたって、反省の色がない」

どこか不満そうに応じたシモンが、友人に視線を移して確認する。

「――で、ユウリ。本当にケガはない？」

「ないよ」

だが、ケガこそなかったものの、このあと、ユウリはとても慌てることとなる。

というのも、その後、中華街にある土産物《みやげもの》店で会計をしようとした際、財布がないことに気づいたからだ。

「――あれ？」

レジの前で服のあちこちをパタパタ叩《たた》きながら財布の所在を確認し始めたユウリに、シモンが訊《き》く。

「どうかしたのかい？」

「うん。……お財布がないかも」

「まさか、落とした？」

「かな」

顔を見合わせた二人は、すぐにハッとして口々に言う。

「あ！」

「さっきの！」

そこで慌ててぶつかった場所に取って返し、路上から歩道の植え込みまで必死に捜しまわる。

「あった？」

「ううん。――そっちは？」

「残念ながら……」

言い合いつつ、なおも二人が捜していると、ふいに背後で声がした。

「そんなところでなにをやっている。新手の宝探しか？」

振り返ると、そこにコリン・アシュレイが立っていて、二人のことを底光りする青灰色の瞳でおもしろそうに眺めていた。

「え、嘘《うそ》、アシュレイ？」

驚いたユウリが、続けて訊く。

「なんで、ここに？」

答えを聞く前に、シモンが嫌みっぽく付け足した。

「てっきり、もうお帰りになったものとばかり——」

それに対し、アシュレイが鼻で笑って答えた。

「それは、帰る先がどこかにもよるだろう」

「なるほど。——帰る先が、ね」

警戒するように繰り返したシモンが、「それなら」と改めて質問する。

「こんなところでなにをしていらっしゃるんです？」

「ちょっとした調べ物だよ」

「調べ物？」

「そう。——お前、『テンプル商会』って、聞いたことないか？」

珍しく素直に答えたアシュレイに問われ、シモンが「ええ」とうなずく。

「もちろん、ありますよ。——たしか、十九世紀末から二十世紀初頭にかけて、ヨーロッパで名をあげた東洋美術専門の骨董商《こっとうしょう》の名前ですよね」

「そのとおり」

パチンと指を鳴らしたアシュレイが説明する。

「そこの店主だった『バスケ・ジイン・フカワ』は、当代随一の目利きとして顧客を多く抱えていたが、そいつがイギリスに渡る前に、どうやらこのあたりに店を構えていたようなんだ」

「へえ」

意外そうに水色の眼を見開いたシモンが、「ということは」と推測する。

「もしかして、例の印籠《いんろう》と十二支の根付を扱ったのも?」

「そういうこった」

話題にあがった印籠と十二支の根付は、今回、ダルトンがちょっとの間行方不明になるという騒動の原因となったいわくつきの代物であるのだが、アシュレイいわく、それを扱ったのが「テンプル商会」の前身となる店だったらしい。

なかなか興味深い話ではあるが、なぜ、アシュレイは今さらそんなことを調べているのか。なにせ、ダルトンは無事に見つかり、印籠と根付も封印を施した上で、ベルジュ家のコレクションに加えられることになっているのだ。

そこで、さらに理由を問いつめようとしたシモンだったが、その時、すぐ近くで「ワンワン」と吠《ほ》える犬の声がしたので、機会を逃した。

先に視線を流したアシュレイが、「へえ、どうやら」と感心したように言う。

「そのあたりに、お宝があるらしい」

「え、本当に?」

訊き返しながらユウリがアシュレイの視線を追うと、そこに白い犬がいて、わさわさと尻尾《しっぽ》を振りながら鼻づらを近くの植え込みに突っ込んでいた。

「見ろ。『ここ掘れ、ワンワン』と必死に訴えているじゃないか」

「たしかに」

有名な日本の昔話を知っているところはさすがであるが、アシュレイが言うように、まさに「花咲かじいさん」のごとく、その犬はここを掘れと言っているようであった。

そこで興奮する犬に近づいたユウリが、落ち着かせるように背を撫《な》でてやりながら、その鼻先の植え込みに手を伸ばす。

そこに、なにかがあった。

「なんだろう……？」

ユウリが引っ張り出してみると、それは――。

「僕の財布だ！」

叫んだユウリに、シモンが応じる。

「本当に？」

「うん。――ほら」

ユウリが実物を差し出して見せたので、納得したシモンがひとまず言う。

「よかったじゃないか、ユウリ」

なかった。

「本当に」

心の底から嬉《うれ》しそうに答えたユウリが、その存在を教えてくれた犬に礼を言おうと振り返ったが、なんとも不思議なことに、今しがたまでいたはずの犬の姿はどこにも見当たらなかった。

「あれ？　消えた？」

驚いたユウリがキョロキョロとあたりを見まわすと、先ほどまで白い犬が鼻づらを突っ込んでいた植え込みの前に、白っぽい小さな物が落ちているのが目に入る。

拾い上げると、それは象牙《ぞうげ》で作られた犬の根付だった。ところどころ、いい感じに飴色《あめいろ》になり、全体的に「なれ」のある素晴らしい古根付だ。

しかも、底の部分に「時」の刻印がある。

「あ、これって……」

ユウリの呟きを受け、アシュレイとシモンが背後から覗き込む。

「ああ、例のやつの仲間だな」

「例のやつ」というのは、前述した、ダルトンが行方不明になるきっかけを作った印籠とそれに付随する十二支の根付のことで、そのうちのいくつかはまだどこにあるかわかっていない。

アシュレイの言葉に、シモンが「間違いありませんよ」と認め、「でも」とすぐに首を傾げた。

「どうしてこんなところに落ちていたんでしょう？　それに、あの犬は？」

「は。そんなの、言わずもがなだろう」

同じ不可解な現象を目の当たりにしていても、あらゆることに瞬時に答えを見出《みいだ》すアシュレイは、これについても、すでに彼自身の見解を持っていた。

「さっきも言ったように、例の印籠や十二支の根付を海外に流出させたのは、『テンプル商会』のバスケ・ジイン・フカワであった可能性が高い。そして、彼がイギリスに渡る前に、このあたりに店を構えていたことも話したばかりだな」

「そうですね」

「となると、だ」

アシュレイはユウリの額を小突くように押しながら続ける。

「異界との交差点みたいなこいつの落とし物に引き寄せられ、財貨の在《あ》り処《か》を知らせる犬が時空を超えて現れたとしても、それはある意味、自然の成り行きだろう」

「自然の成り行き――」

それをあっさり認めるのはユウリにしてもシモンにしても若干の抵抗があったが、かといって、他にうまい説明も見出せず、渋々受け入れるしかなかった。

そして、そうであるなら、せっかくの里帰りだ。

この犬の根付がみずから戻ってきたと考え、彼らはありがたくそれも十二支のコレクションに加えることにした。

異国情緒あふれる港町横浜には、そんな不可思議な出会いもよく似合う。

修行場の異邦人

京都北部。

黄色く色づいた山奥の一角に、川の水源を内包する幸徳井家《かでい》の修行場が存在する。

平安の御世《みよ》から千年という長きにわたり、陰陽道《おんみょうどう》の極意を脈々と継承してきた幸徳井家は、知る人ぞ知る、日本の国土の霊的守護を密《ひそ》かに担ってきた家系である。顧客には、重要な決議をくださなければならない大物政治家や大企業の経営者たちが名を連ね、公私を問わず吉日や星の巡りなどを尋ねにお忍びで通ってくることもままあった。

そんな幸徳井家の敷地は、この修行場も含め、警察ですら容易には踏み込めない禁忌の領域となっていて、実際、朝霧に包まれた幽玄な風景などは、まさに「神聖不可侵」と呼ぶにふさわしい威厳と崇高さに満ちている。

生い茂る木々。

滝となって岩場を流れ落ちる水。

故あってここに預けられている若者は、手元の雑巾《ぞうきん》を固くしぼりながら、そんな光景を満足げに見まわす。

（う～ん。神聖だ。実に神聖）

続けて、思う。

(ボクはここで生まれ変わる。絶対にね。――そう、これまでとは違う、まったく新しい人生を送るんだ)

彼のいる場所は、せり出した平場の手前で、柵《さく》もなにもない縁《ふち》の向こうには白く水しぶきをあげる滝が見えている。

修行者たちから「清水の踊り場」と呼ばれている禁域だ。

資格のない者は決して踏み込んではいけないし、なんらかの事情で踏み込んだとしても、縁のそばに立ってはいけない。なぜなら、訓練された者以外は、滝つぼに落ちたら最後、助かる見込みは非常に低いと言われているからだ。

そんな平場に対する憧《あこが》れは強く、修行者たちは一日も早くあの場に立って雨乞《あまご》いの儀式などを執り行えるような術者になりたいと願っている。

雑巾を手にした若者も、なんとも物欲しげな目で平場のほうを見つめた。

(なんか、いいなあ。あっちに行ってみたい……)

と――。

その場に、一人の青年が姿を現した。

黒絹のような髪に煙《けぶ》るような漆黒の瞳《ひとみ》。

決して目立つほどの美貌《びぼう》ではないのに、存在の美しさが際立つ青年だ。

その凜《りん》とした立ち姿に気づいたとたん、若者はハッとして彼の動きを目で追う。理由はわからないが、昨日から、その青年のことが気になってしかたないのだ。

なにせ、ここでは修行者たちが全員作務衣《さむえ》姿であるのに対し、青年だけはバミューダパンツに白いTシャツというラフな格好でうろうろするのを許されている。

その特別待遇は、なぜなのか。

聞くところによると、青年はこの家の跡取りである「幸徳井隆聖《りゅうせい》」の従兄弟《いとこ》らしく、ここにいる誰一人として彼のやることに文句を言ったりしないのだが、若者が思うに、彼はそれをいいことに、やりたい放題好き勝手をしているようであった。

要するに、身内贔屓《びいき》のごくつぶしみたいなものだ。

若者は、そんな無礼さに怒りを覚えるし、なにより彼のことが嫌いだ。

見ているだけで、ザワザワしてくる。

生理的嫌悪感というやつだろう。

(あんなやつ、早くいなくなればいいのに……)

若者は、しぼった雑巾を広げながら願う。

(一刻も早く、消えちまえ)

もっとも、願うまでもなく、青年の滞在は二、三日ということらしいので、明日にはいなくなるはずだ。

（しかたない。それまでは我慢だ、我慢。――大丈夫。きっと、大丈夫だから。うまくやれる）

そう若者が自分に言い聞かせていると、青年と目が合った。

こちらを見透かすような、神秘的な瞳だ。

他の術者たちから「ユウリ様」とか「ユウリお坊ちゃん」などと呼ばれているので、おそらく名前は「ユウリ」というのだろう。

「ユウリ」は若者と目が合うと、煙るような漆黒の目をすっと細めた。その表情は、それまでずっとなにかを捜していたのが、ようやくそのものが見つかった……というようなものであった。

ややあって、「ユウリ」がこちらに向かって近づいてくる。

それに合わせ、若者のほうが後ろへとさがる。

その顔は、真っ青で表情がない。

（いやだ、来るな）

（来るな）

（それ以上、ボクに近寄るな――）

若者が念ずると、「ユウリ」が歩みを止めた。

ホッとする彼に向かい、今度は「ユウリ」が手を差し伸《の》べる。その間も、煙るような漆黒の瞳が、ずっと彼をとらえて離さない。

（ああ、見るなよ、見るな、そんな目でこっちを見るな！）

思った若者は、「ユウリ」の手が自分に届きそうになったところで、その手をパッと払いのけて脱兎《だっと》のごとく駆けだした。

目の前に、切り立った平場の縁が迫る。

その先は、危険だ。

落ちたら、命の保証はない。

だが、若者は、迷うことなく縁から滝つぼへと身を躍らせようとした。それは、自分の意思というより、本能的ななにかに突き動かされて――というほうが大きい。

ただ、飛び込む寸前、後ろから強い力で引き戻される。

「ユウリ」だ。

「ユウリ」が彼の邪魔をした。

もっとも、引っ張られた瞬間、若者は自分の身体《からだ》からなにかがスルンと抜け出して、それがそのまま滝つぼに落ちていった気がした。喩《たと》えて言うなら、身体は残り、魂だけが飛び込んだみたいな――。

そして実際、ザアザアという滝の音に混じり、ほどなくしてなにかが水の中に落ちるようなボチャンという音がした。しかもその時から、若者は自分の身体が妙に軽くなり、

「ユウリ」への恐怖心も消え失《きう》せていることに気がついた。

いったい、なにがどうなっているのか――。

平場の上に尻餅《しりもち》をついたまま考え込む若者の頭上で、騒ぎに気づいて集まってきた修行者たちが口々に言う。

「ご無事ですか、ユウリ様⁉」

「いやはや、平場の上を全力疾走するなど、なんとも危ないことをなさる――」

実際、危なかったのだろう。

なにせ、「ユウリ」と若者は滝つぼへと続く平場の縁のギリギリ手前に座っている。正確に言うと、若者は今、腰を抜かして動けずにいる。

そんな彼のそばで、「ユウリ」がなに事もなかったかのようにスッと立ちあがった。

その間も、修行者たちの声は続く。

「それにしても、この者、また取《と》り憑《つ》かれていましたか」

「本当に、懲りもせず」

若者はなかば放心状態で、聞こえてくる言葉に内心で首を傾《かし》げた。

（取り憑かれていた？　――え、誰が？　まさか、僕ではないよな）

さらに、「それに、そもそも」と考える。

（ここは「神聖不可侵」な修行場であるのだから、なにかに「取り憑かれる」なんて、そ

んなおどろおどろしいことが起きるわけがない。もし、そんなことがあったら、「神聖」の意味を考え直す必要がある）

だが、そんな若者の思いとは裏腹に、修行者たちは言った。

「なんであれ、この短時間で見抜かれるとは、さすがユウリ様ですね」

「相変わらず、目ざとくていらっしゃる」

「今の様子からして、取り憑いていたのは、河童《かっぱ》のような水妖《すいよう》の一種だったように思われますが……」

「ああ、そうですね」

「ユウリ」が涼やかな声で答えた。

「僕も、はっきりとはわかりませんでしたが、幽霊ではなく妖怪《ようかい》の類《たぐ》いだったのは間違いないですよ」

若者は、その時初めて「ユウリ」の声を耳にしたが、それはなんとも耳に心地よいものであった。

いっさいの不浄を押し流す水のような清らかさだ。

（ああ、どうしよう。この声にずっと包み込まれていたい……）

さっきまでの嫌悪感はどこへやら、彼はうっとりと「ユウリ」の声に聞き入った。

そんな若者を余所《よそ》に、修行者が「ユウリ」に説明する。

「実は、この若者、生まれつき憑依《ひょうい》体質であるらしく、なんとかしてほしいと両親がここに預けましてね、我々の間でも要注意人物だったんですよ」

「……へえ」

「隆聖様からも、この青年はなにをしでかすかわからないから目を離さないようにときつくお達しがあったのですが、お恥ずかしいことながら、私どもには、取り憑いているものの正体が見えていませんでした。――本当に面目ない」

「……ああ、まあ」

「ユウリ」が、同情的に応じる。

「それはしかたないと思います。見事なくらいぴったりと同調していましたから……。それに、彼にしても先ほどの『お客様』にしても、単にきれいな水場が好きなだけで、さしたる悪意はなかったように思います」

つまり、純粋さゆえに、その奥にあるものが見えにくかったと言いたいのだろう。

「――なるほど」

修行者たちもそれで納得し、この出来事はこれで終わる。

かように、幸徳井家の修行場では異界の住人の訪問がままあるという話であった。

シモン・ド・ベルジュの人には言えない秘密の事情

1

ロンドン大学の近くにあるカフェテリアでランチを取りながら授業で使う本を読んでいたユウリ・フォーダムは、友人の一人であるユマ・コーエンのあげた「う～ん」とうなる声を聞いて顔をあげた。

続けて、ユマが呟《つぶや》く。

「……なにか、違うのよねえ」

新進気鋭の若手女優である彼女は、トレードマークともいうべき魅惑的な緑灰色の瞳《ひとみ》をなんとも悩ましげに細め、手にした万華鏡を見ている。

そのかたわらでは、同じように万華鏡を持つエリザベス・グリーンが、やはり悩ましげな表情で覗《のぞ》き窓《まど》から中を見ていた。金髪緑眼のエリザベスは、女優であるユマを凌《しの》ぐほどの美貌《びぼう》の持ち主であったが、華やかな生活にはまったく興味を示さず、弁護士になるためにひたすら勉強する日々である。

そんな二人が一緒にいると、どうあっても異性の目を引かずには済まないのだが、同じテーブルに、今を時めく英国俳優であるアーサー・オニールがいるせいで、誰も近づいてこようとしない。

炎のように輝く赤い髪。

揺らめくトパーズ色の瞳。

ケルト系の甘い顔立ちをしたオニールは実に華やかな青年で、親しみやすさの中にも簡単には人を寄せ付けない貫禄《かんろく》のようなものが備わっている。

さらにもう一人、同じテーブルに黒褐色の髪と瞳を持つ一つ年下のエドモンド・オスカーが座っているのだが、一般的基準に照らせば、確実に「イケメン」の部類に入る容姿をしているにもかかわらず、ここでは、どうしたって目立たない存在になってしまう。

もっとも、彼にそのことを気にする様子はなく、むしろ楽しむ余裕すら感じられた。

そんな中、英国貴族の父親と日本人の母親を持つユウリは、それこそ東洋的な風貌《ふうぼう》をしているという以外さしたる特徴はなく、堂々とした振る舞いの仲間たちの陰に隠れてしまいがちであるのだが、実のところ、彼こそが、このグループの核――あるいは、重力となって集団をまとめ上げていると言っても過言ではない。

言い換えると、みんなユウリが大好きで、ここに集っている。

問題となっている万華鏡も、然《しか》り。

ユマとエリザベスのみならず、オニールやオスカーも、近頃、万華鏡を持ち歩いているのだが、その発端はユウリにあった。

少し前の話になるが、訳あって、ユウリは人にもらった万華鏡をしばらく持ち歩いていたのだが、それが彼らの知るところとなり、一人、また一人と真似をして持ち歩くようになったのだ。

最近では寄ると触るとその話題ばかりで、今も万華鏡のことでなにか問題が発生している様子であったが、ユウリは、午後の授業までにどうしても手にした本を読み終えてしまいたかったので、あえて取り合わずにおく。

代わりに、オニールが「それ、わかる」と同調した。

「たしかに、なんか違うんだよ」

「でしょう?」

「ああ」

さらに、オスカーも加わって「もしかしたら」と言う。

「万華鏡の構造がわかれば、理由もわかるかもしれませんね」

「構造?」

興味を示したエリザベスが、万華鏡から目を離して訊《き》き返す。

「それって、まさか」

「そのまさかです。――実は、この前、いいモノを見つけて」

そんな会話が仲間内で進行していたが、ユウリはうわの空のまま、「ああ、ごめん。僕はそろそろ行かないと」と断りを入れ、授業へと向かった。

2

数日後。

午前中の授業を終えたユウリがいつものようにカフェテリアに行くと、仲間たちのいるテーブルの上がすごい状態になっていた。

ここの常連である彼らは、お昼を食べるついでにレポートを書いたり授業で使う本を読んだりするため、よく資料やノートが雑多に広げられていることはあるのだが、その混沌《こんとん》とはちょっと様子が違う。サンドウィッチの包み紙や紙コップの間を埋め尽くすように散乱しているのは文房具や工具類だ。

さしずめ、工作箱でもひっくり返したような感じか。

「どうしたの、これ？」

びっくりしたユウリが尋ねると、顔をあげたオニールがまずは挨拶《あいさつ》を寄こした。

「よお、ユウリ」

それからユウリの表情を見て「あ、もしかして」と付け足す。

「びっくりしている？」

「うん。ちょっとね」

うなずいたユウリが、肩に掛けていたリュックをおろしながら「それで」と尋ねた。

「これは、もしかして劇団でやるイベントかなにかの準備？」

オニールとユマは同じ劇団に所属していて、宣伝のためのイベントなどをちょくちょく開催するので、これもその一環かと思ったのだが、どうやら違うようだ。

「いや。そうではなく」

否定したオニールが、手元にある小さなケースから色とりどりのビーズをつまみあげながら教える。

「これ全部、万華鏡を作るための材料なんだよ」

「万華鏡？」

繰り返したユウリが改めてテーブルの上をよくよく眺めれば、たしかに長方形の鏡があったり筒状のものが転がっていたりと、それらしきものが揃《そろ》っている。

「え、つまり、ここで万華鏡を一から作っているの？」

「そのとおり」

パチンと指を鳴らしたオニールが、正面の席で器用そうに細長い鏡を三角形に組み合わせているオスカーを顎《あご》で示して続ける。

「こいつが、この前、大人向けの万華鏡制作キットを見つけたというんで、それなら作ってみようって話になったんだ」

「へえ。万華鏡をねえ」

ひとまず呑《の》み込んだユウリであったが、正直な話、ここまでする理由がわからない。

彼らはいったい、万華鏡になにを求めているのか——。その行き着く先が見えず、少々不安に思う。

すると、微妙な工程を終えて口をきく余裕のできたオスカーが、「すみません、フォーダム」と謝りながら、手早くテーブルの上を整理する。

「これじゃあ、食事をする場所がないですよね」

「あ、いいよ、オスカー」

ユウリが腕を伸ばして押《お》し止《とど》めながら続ける。

「実は、このあと、シモンが来ることになっていて、今はコーヒーだけにしようと思っているから。——僕のことは気にしないで、続けて」

それに対し、軽く眉《まゆ》をひそめたオニールが少々不満そうに「また？」と言う。

それは、パブリックスクール時代からユウリの親友としての地位をみずから不動のものとし、フランスに帰った今でも、事あるごとにその特権を誇示してみせるシモン・ド・ベルジュへのお馴染《なじ》みの態度であるのだが、ふだんなら似たような反応を示す女性陣が、今日に限っては喜色に満ちた声をあげる。

「え、ベルジュ、来るの？　——ここに？」

「うん。ここで待っているように言われているから、来ると思うけど」

「やった」

そこでエリザベスに目配せしたユマが続ける。

「それなら、ベルジュに直接訊いてみましょうよ」

「そうね」

うなずいたエリザベスが自信ありげに言う。

「彼なら、確実に答えを知っているはずだわ」

「……答え？」

一人、話が見えずにいるユウリが、不思議そうに訊き返す。

「シモンなら答えを知っているって、いったいなんの話？」

それに対し、エリザベスが万華鏡を振りながら答えた。

「それは、そうねえ、輝き方の問題とでも言えばいいのかしら？」

「輝き方？」

「そう」

応じたエリザベスのあとを引き取るように、今度はユマが「ほら」と説明する。

「ユウリがベルジュからプレゼントされた新しい万華鏡があるじゃない？」

「うん、あるね」

「あれ、すごくきらきら輝いていて、きれいでしょう？」

「たしかに、すごくきれいで気に入っているよ」

認めたユウリに向かい、エリザベスが「だから」と続けた。

「私たちも欲しくなって、あれこれ買ってみたんだけど、どれも輝きに乏しくて」

ユマが「で」とあとを続ける。

「いっそのこと自分たちで作ってみようという話になり、こうしてキットを手に入れていろいろ試しているんだけど、やっぱり秘訣《ひけつ》がわからないのよねえ」

「そうそう。オスカーは、採光の問題ではないかって言うんだけど、どうしても納得がいくような輝きが出なくて」

「……なるほど。だから」

こうしてテーブルの上に部品を広げる羽目になったのだろう。

合点《がてん》したユウリが、「でも」と懸念を示す。

正直なところ、専門家が制作する商品とド素人が手作りするものとでは、その出来映えに雲泥の差があってもしかたない。

「いくらシモンだって、どうしてそうなるかまではわからないと思うよ。プレゼントしてくれたといっても、シモンが作ったわけではないから」

だが、ユウリの言葉を聞いているのかいないのか。話の途中で「あ」と声をあげたユマがガタンと椅子《いす》を蹴《け》るようにして立ちあがるなり、片手を高くあげて呼びかける。

「ベルジュ！　こっちよ、こっち」

それを受け、近くに寄ってきたシモンが、まずは軽く挨拶する。

「やあ、ユマ。それと、みんなも」

白く輝く淡い金の髪。

南の海のように澄んだ水色の瞳。

ギリシャ神話の神々も色褪《いろあ》せるほどの美貌の持ち主であるシモンは、立ち姿も優美でまさに「貴公子」というにふさわしい。

とっさに見惚《みと》れてしまったユウリの横で、ユマとエリザベスが揉《も》み手《で》をせんばかりの勢いで言う。

「よかった。貴方《あなた》を待ってたのよ、ベルジュ」

「ええ、本当にいいところに来てくれたわ」

いつになく熱烈な歓迎を受け、若干面食らった様子のシモンが「なんか」とさりげなく牽制《けんせい》する。

「怖いな。――僕になにか用かい？」

「もちろん、あるわ。大ありよ」

認めたユマが、万華鏡を差し出しながら乞《こ》う。

「これの秘訣を教えてほしいの」

「秘訣？」

「そう。どうやったら、ユウリにあげたみたいなきらきらした万華鏡を作れるか」

「――ああ」

そこで、ごちゃごちゃしたテーブルの上にざっと視線を走らせたシモンが悩ましげな表情になり、「……そういうことか」と合点がいったように呟いた。ただ、心なしか、声に困惑の色がある。

ややあって、シモンが答えた。

「悪いけど、僕に訊かれてもわからないよ。ユウリにプレゼントしたものだって、別に僕が作ったわけではないからね」

先ほどユウリが言ったのとほぼ同じことを告げたシモンは、どこかそそくさした様子で「ということで、ユウリ」とうながす。

「もう行ける？」

「――あ、うん」

シモンの素っ気なさに違和感を覚えつつ、言われるがまま立ちあがったユウリが、友人たちに暇《いとま》の挨拶をする。

「じゃあ、みんな、また来週」

「ああ、またな」

「バーイ」

「ベルジュも、元気で」

「ありがとう。——君たちも」

　そうして表面上、なんとも和やかに別れた彼らであったが、ユウリとシモンの姿が見えなくなったところで、残された者たちが口々に言い合う。


「見た？　今のベルジュの態度」

「ああ。――かなり焦っていたな」

シモンの様子は、いつものように非常に優雅ではあったが、付き合いが長く、それなりに洞察力のある彼らの目はさすがに誤魔化せなかったようだ。そそくさとした態度の裏には、おそらく万華鏡に関してユウリには知られたくない事実があるはずで、そのことを彼らは推測し合う。

「あれは、どう見ても金額の問題だろう」

「私も、そう思った」

ユマの同調に対し、エリザベスもうなずく。

「考えてみたら、それしかないわよね。――やってみてわかったけど、万華鏡の構造なんて、けっこう単純だもの」

「たしかに」

深々と首肯したオスカーが、色とりどりのビーズをつまみながら続けた。

「この安物のビーズの代わりに高価な宝石類をちりばめたら、そりゃ、キラキラしたものが出来上がるはずですよ」

「まったくだ」

そこで、万華鏡の部品を投げ出したオニールが、それまでの努力をふいにされた鬱憤《うっぷん》を晴らすように言う。

「あー。アホらしい。やめだ、やめ」

「そうねえ。私もちょっとがっかり」

ユマが残念そうに応じたところで、エリザベスが「でも」と鏡を手に取りながら気持ちを切り替えて言う。

「せっかくこうして材料を揃えたんだし、私たちは私たちで分相応に楽しめばいいんじゃないの？」

「そうですね」

認めたオスカーが、「話によれば」と彼らしいことを言う。

「虫の羽根とか入れても、きれいらしいですよ」

すると、ユマが態度を改めて身を乗り出した。

「へえ、虫の羽根ね。それはおもしろそう」

するとと、完全にやる気を失っていたオニールも、「あ、そうだ」とユマを振り返って提案した。

「昨日の夜、考えついたんだけど、今度、万華鏡をテーマにした劇をやらないか？」

「あら、いいじゃない。やりましょうよ」

結局、なんだかんだ、自分たちなりに楽しむ彼らであった。

3

一方。

ユウリと歩き出したシモンは、表面上はいつものごとく貴公子然としていながら、内心ではかなり焦っていた。

というのも、オニールたちの推測は当たっていて、ユウリに新しくプレゼントした万華鏡は、かなり高価なものだからだ。使われているのはどれも宝石に値する貴石のかけらばかりで、例をあげると――。

ダイヤモンド。イエローダイヤモンド。グリーンダイヤモンド。ピンクトパーズ。アクアマリン。ルビー。サファイア。アメジスト。水晶に琥珀《こはく》等々。

もちろん、宝石といっても、どれも「屑《くず》」と呼ばれる安価なものばかりだが、かといって、玩具《がんぐ》にするには、やはり高価すぎた。

贅沢《ぜいたく》な大人の嗜好品《しこうひん》といったところだろう。

だが、そもそも、なぜ、そんなことになってしまったのか。

いわくつきの万華鏡を巡っていろいろあった流れのあと、彼の双子の妹たちが、改めてユウリのために新しく万華鏡を選びに行くことになった際、シモンは、二人がまたバカなことをしでかさないよう監視役としてついていくことにした。

ところが、万華鏡作家から説明を聞き、さまざまな素材で制作された見本を試している うちに、いつしか、シモンのほうが夢中になってしまったのだ。

あれでもない。

これでもない。

あっちのほうがきれいかも。

いや、やっぱりこっちのほうが……。

そうこうするうちに、双子の妹であるマリエンヌとシャルロットが、痺《しび》れを切らして文 句を言い始めた。

「ちょっと、ずるいわ、お兄様」

「私たちが選びたいのに」

「そうそう」

「お兄様は、あくまでも付き添いなのよ」

それに対し、シモンは追いやるように手を動かしながら告げた。

「うるさいな。そんなに選びたいなら、自分たちで好きなものを選べばいいだろう」

とたん、二人が「え?」と喜色に満ちた笑みを浮かべる。

「いいの?」

「ああ」

「本当に？」

「ああ」

「私たちの分も、買ってくださるのね？」

「買うから、ちょっと静かにしてくれないか？」

そこで口をつぐみ、ピュッとつむじ風でも起こしかねない勢いで走り去った二人は、しばらくして戻ってくると、まだ万華鏡のデザインを作家と吟味していたシモンの背後で尋ねた。

「ねえねえ、お兄様、せっかくだから、お母様の分もいいかしら？」

「ああ、いいよ」

「お父様の分は？」

「――そうだね。たまにはいいかもしれない」

うわの空で答えたシモンに対し、「それなら、えっと、ナ――」と言いかけたシャルロットを片手をあげて遮り、シモンが面倒くさそうに応じる。

「なんでも好きにすればいいから」

「あっちに行っていろ」と言わんばかりに、彼方《かなた》を指で示した。

そこで、ふたたびパタパタと走り去った二人を見送ってホッとしたシモンは、すぐに万華鏡作家とのやり取りを再開する。

そうして作られた万華鏡は、自他ともに認める素晴らしい出来映えとなったが、その一方で、贅沢を好まないユウリには絶対に値段を知られるわけにはいかない代物になってしまったのだ。

しかも、万華鏡を巡る騒動は、それで終わりとはならなかった。

4

週明けのパリ。

「カルチエ・ラタン」と呼ばれる大学街のカフェでカフェオレを飲むシモンの前には、母方の従兄妹《いとこ》であるナタリー・ド・ピジョンが座して、手にした万華鏡を覗き込んでいた。

ややあって、万華鏡を置いたナタリーが言う。

「すごくきれい」

「なら、よかった」

それはそばで聞いている分には、仲のよいカップルがかわす微笑《ほほえ》ましい会話に思えたであろうが、実のところ、どちらの声にもまったく心がこもっておらず、真冬のパリの外気と同じくらい寒々としていた。

美しい赤毛をボブカットにしたナタリーは、現在、シモンと同じパリ大学の学生であるが、デザイナーに請われてパリコレに出てしまうほどの美貌とスタイルを誇り、シモンの隣にいてもまったく遜色《そんしょく》がない女性の一人である。

ただ、いかんせん、伝統的な魔女サークルに参加するなど、とにかくはた迷惑な性格をしていて、常日頃からシモンの頭痛の種となっている。

そんな彼女に、シモンが万華鏡をプレゼントする羽目になったのは、もちろん、双子の妹たちを差し置いて、ユウリへのプレゼント選びに夢中になってしまったツケがまわっただけのことである。

あの時、双子の妹たちに「なんでも好きにすればいい」と言った結果が、これだ。この世でいちばんプレゼントをしたくない人物にプレゼントをする羽目になった。

「……だけどねえ」

ナタリーの疑わしげな声音に対し、カフェオレカップを置いたシモンが言い返す。

「『だけど』なんだい。きれいなら、それでいいだろう」

「そうね。たしかにうっとりするくらいきれいだし、嬉《うれ》しいわよ」

「だったら――」

文句を言いかけたシモンを遮り、ナタリーが「ただ」と心境を吐露する。

「正直、超コワいんですけど～」

「なにが」

「貴方が私にプレゼントなんて、地球滅亡の予兆としか思えない」

「バカバカしい」

そっぽを向いて応じたシモンが、「要《い》らないなら」と言って差し出した手をパシッと軽く叩《たた》いて払いのけ、ナタリーが「誰も」と告げた。

「要らないとは言ってないでしょう」

それから万華鏡を鞄《かばん》に突っ込んで立ちあがると、コートを手に取って続けた。

「心境としては『貸し』という気がしなくもないけど、ひとまず、ありがたくもらっていくわ。——みんなに自慢したいし」

「みんな？」

「そう。みんな」

それは、どこにいる「みんな」であるのか。

確認する気も起こらないシモンに、ナタリーが、「ということで」と別れの挨拶をする。

「双子ちゃんとユウリによろしく」

どうやら、詳細を説明するまでもなく、この予定外のプレゼントが来るに至った経緯はすでに耳に入っていたらしい。

魔女の耳は、地獄耳。

一人になったところで、シモンは滅多にないほど深い溜《た》め息をついた。

完璧《かんぺき》に思える貴公子にも、時として、人には言えない秘密の事情が存在する、という良い例であろう。

シモン・ド・ベルジュ。

大学二年目の冬の出来事だった。

あとがき

この本が刊行される頃は、もう花火の季節となっていると思いますが、皆様はいかがお過ごしでしょうか。

こんにちは、篠原美季《しのはらみき》です。

今回は、過去に書きなぐったサービス短編——文庫刊行時につけた特典や、ホームページ上で無料公開した作品——のうち、この短さで終わらせてしまうのはいかにももったいないと思えるものを拾いあげ、加筆修正してお届けすることになりました。

題して、『シモン・ド・ベルジュはかく語りき』です。

いくつか候補があるうち、この本では『非時宮《ときじくのみや》の番人　欧州妖異譚10』の中に出てきた根付にまつわる後日談と、『万華鏡位相～Devil's Scope～　欧州妖異譚15』から、のちにシモンが仕出かす万華鏡にまつわる騒動、さらに『ハロウィン・メイズ～ロワールの異邦人～欧州妖異譚23』より『水底の異邦人』を、かなり加筆してお送りしています。

ということで、一度お読みになっている方でも十分楽しめると思いますが、そうは言っても、もとがサービス短編であるだけに、内容が、いつにもましてファンタスティックな様相を呈しているのは否めず、そのあたりはどうぞご容赦のほどを。

代わりと言ってはなんですが、もちろん、しっかり書き下ろしをしました。

そんなに長くなくていいと言われても、長くなるのが私でして、かなりボリュームのある中編になっています。

横浜《よこはま》を舞台に、シモンが奇妙な体験をしてしまう物語です。

シモンが中心の話であっても、ユウリはもとより、ロンドンに置いてきぼりだったはずのアシュレイも、ちゃっかりやってくるので、ご安心を。本当にこの方は、私がこうしようああしようと色々頭をひねらなくても、勝手に登場してくれるから、ありがたいというか、ありがた迷惑というか……。

ま、彼らの場合、ユウリがいないと話が始まらず、シモンがいないと物語全体が精彩を欠き、アシュレイがいないと話が終わらない……といったところでしょうか（笑）。

それと、「古都妖異譚」との相違点として、電子書籍のほうで活躍している桃里理生《とうりりお》にもご登場いただいていますので、これを読んで興味を持たれた方は、ぜひ「電子オリジナル　セント・ラファァエロ異聞」のほうもよろしくお願いします。

なーんて、こんなクロスオーバーをしていると、そのうち絶対「ありゃ、時間軸が合わないぞ？」ってことになりかねず、しかも、それを読者の方からご指摘を受けて初めてわかるというオソロシイ可能性もあるから怖い。ホラーより怖い（笑）。

それはさておき、ここで特筆しておきたいのが舞台となっている横浜の洋館についてです。場所が横浜ということで、観光地の紹介も兼ね、今回は実在する洋館をモデルにさせていただきました。

その名も、「山手《やまて》133番館」。

残念ながら非公開ですが、「横浜市認定歴史的建造物」となっていて、ものが建物であるだけに、行けば外観と花咲く庭は眺めることができます。わざわざ行く気がしないという方も「山手133番館」で検索してくだされば、美しい写真がたくさん出てきますし、動画サイトには、この館を復元するまでの流れを追った興味深い映像もあって、なかなか楽しめます。ちなみに、今回、クリスマスカードが見つかるくだりは、復元作業中のエピソードからヒントを得ました。

実は、この洋館の所有者である横浜モンテローザ（三陽《さんよう》物産）の社長とは、十年くらい前、私が真葛焼《まくずやき》をテーマに物語を書いた際に知り合ったというご縁があり、今回、ダメもとで連絡してみたら、事前に簡単な取材をさせていただけ、その際、幽霊が出てくるような話を書いても大丈夫かとお尋ねしたところ、「物語だし、自由に書いていいですよ」と太っ腹なお返事もいただけたので、あんなことやこんなことを含め、本当に自由に書かせていただきました。

それだけでなく、改築中に出てきた遺物の所有権とか、私が調べると二、三日はかかりそうなことも、メールでちょっとお尋ねしてみたら、顧問弁護士に確認した上で即日回答くださるなど、なんともやることが早かった。やはり仕事で成功なさっている方というのは、どこかふつうの人と違いますね。

仕事中のシモンってこんな感じなんだろうなと一人悦に入りつつ、せっかくなので、年齢こそシモンに合わせてかなり若く設定させていただきましたが、私がお会いした時の印象そのままに、今回、シモンの相棒役として、館とセットで、でもこちらは無許可で社長のモデルになってもらっています（笑）。

諸々《もろもろ》、この場を借りて厚く御礼申し上げます。

いや、さすがに言葉だけではなんなので、軽く宣伝を――。

横浜モンテローザは、今年で創業六十一年になる、横浜の地に根付いた老舗《しにせ》の洋菓子店で、この四月には、横浜駅に〝THE ROYAL CAFE YOKOHAMA MONTEROSA〟を新たにオープンしています。私も早速行ってみましたが、伊豆《いず》急行の花形観光列車である〝THE ROYAL EXPRESS〟とのコラボ企画ということで、様々なデザインを水戸岡鋭治《みとおかえいじ》氏が担当していて、とても品のよい落ち着いた空間になっていました。

近くには、三陽物産の社長が長い年月をかけて海外から買い戻した真葛焼の作品群が展示されている「宮川香山《みやがわこうざん》　眞葛《まくず》ミュージアム」（土日のみ開館）もあるので、明治時代の超絶技巧を堪能《たんのう》したあと、こちらのカフェで優雅にお茶をするのもいいかもしれません。

うーん。それにしても、郷土愛に満ちた社長のお話を聞いていたら、私の中の浜っ子の血が騒ぎだした気がします。

なにか、新たに横浜の地に根付いた物語でも書こうかな。

でも、まずは「古都妖異譚」です。

そろそろ、彼らも動き出す気配が……。

最後になりましたが、今回、久々にイラストを描いてくださったかわい千草《ちぐさ》先生、本当に懐かしくて嬉《うれ》しかったです。ありがとうございます。

また、この本を手に取って読んでくださったすべての方々に、心から感謝を捧《ささ》げます。

では、次回作でお目にかかれることを祈って——。


金環皆既日食を迎える午後に　　　　　　篠原美季　拝

初出

「黄色い館の住人」…書き下ろし
「ロワールの羊は二乗の夢を見る」…『非時宮の番人』ＨＰ用ＳＳ
「横濱ラプソディ」…『非時宮の番人』初回投げ込み用ＳＳ
「修行場の異邦人」…『ハロウィン・メイズ』ＨＰ用ＳＳ
「シモン・ド・ベルジュの人には言えない秘密の事情」…『万華鏡位相』ＨＰ用ＳＳ

『シモン・ド・ベルジュはかく語りき』、いかがでしたか？

篠原美季《しのはらみき》先生、イラストのかわい千草《ちぐさ》先生への、みなさまのお便りをお待ちしております。

篠原美季先生のファンレターのあて先
〒112-8001　東京都文京区音羽2-12-21　講談社　講談社文庫出版部「篠原美季先生」係

かわい千草先生のファンレターのあて先
〒112-8001　東京都文京区音羽2-12-21　講談社　講談社文庫出版部「かわい千草先生」係

N.D.C.913　255p　15cm

篠原美季（しのはら・みき）
４月９日生まれ、Ｂ型。横浜市在住。
茶道とパワーストーンに心を癒やされつつ相変わらずジム通いも欠かさない。
日々是好日実践中。

講談社X文庫

KODANSHA

white heart

シモン・ド・ベルジュはかく語《かた》りき

篠原美季《しのはらみき》

●

2023年７月３日　第１刷発行

定価はカバーに表示してあります。

発行者——鈴木章一
発行所——株式会社　講談社
東京都文京区音羽2-12-21 〒112-8001
電話　編集 03-5395-3510
販売 03-5395-5817
業務 03-5395-3615

本文印刷—株式会社ＫＰＳプロダクツ
製本———株式会社国宝社
カバー印刷—半七写真印刷工業株式会社
本文データ制作—講談社デジタル製作
デザイン—山口　馨

ISBN978-4-06-531806-5